UN SIMPLE DÎNER

Cécile Tlili a cofondé une école alternative pour les enfants neuro-atypiques. *Un simple dîner*, son premier roman, a été récompensé en 2023 par le prix littéraire Gisèle-Halimi.

CÉCILE TLILI

Un simple dîner

ROMAN

CALMANN-LÉVY

ISBN : 978-2-253-24917-7 – 1re publication LGF

1

Claudia s'adosse au mur de la cuisine. La chaleur emmagasinée par le plâtre tout au long de la journée se propage dans ses hanches, ses omoplates, ses épaules. Sa tête tombe en avant, infiniment lourde. À la vue des striures rouges qui lui barrent la gorge, Claudia s'enfonce un peu plus profondément dans le mur, indifférente aux traces que ses mains, encore grasses d'avoir huilé le poulet, impriment sur la peinture blanche.

On étouffe dans cette cuisine. Il est près de 20 heures, pourtant le soleil continue de se glisser par les interstices des volets pour venir lui griller la peau. Ou peut-être est-ce le curry qui fait de cette pièce une étuve. Quelle idée de préparer un plat chaud et épicé par ces températures. Étienne lui avait dit qu'une salade ferait l'affaire.

Étienne s'approche d'elle. « Ils vont bientôt arriver, Claudia. Va prendre une douche. »

Lui est frais et propre. Il pose une main sur le cou de sa compagne. Sentant son artère palpiter contre son pouce, il lui demande, incrédule :

« C'est de préparer le dîner qui t'a mise dans un état pareil ? Va prendre une douche, ça te fera du bien. »

La main glisse du cou vers la nuque, qu'il enserre délicatement, poussant imperceptiblement Claudia en direction du couloir et de la salle de bains. Cou étroit. Le cou du poulet est parti à la poubelle, avec les abats. Le boucher s'entête à lui donner tous les morceaux de la bête, et, toujours, elle passe un moment à contempler, perplexe, ces intrus au milieu des chairs à la peau orangée : la surface brillante et sombre des viscères, la courbure du cou, les ergots, désormais inoffensifs.

« Oui, j'y vais. »

Le corps nu de Claudia dans le miroir de la salle de bains est une mosaïque d'écarlate et de blanc. Elle a passé près de trois heures à préparer ce repas. Elle a émincé des oignons dont l'odeur tenace s'est agrippée à ses mains, refusant de lâcher leur proie. Elle a taillé les carottes et les courgettes en cubes, laissé gonfler les raisins secs dans l'eau, fait crépiter l'huile dans des poêles brûlantes. Dès qu'elle pouvait s'échapper quelques minutes des vapeurs de la cocotte, elle arpentait l'appartement à la recherche d'un coussin à redresser, d'un bibelot à replacer. La table est jolie comme une dînette d'enfant. Partout dans le salon elle a déposé des coupelles pleines de pistaches et d'olives.

Claudia tourne le mitigeur de la douche vers la position « froid », dans l'espoir que les jets glacés emportent, avec sa sueur qui sent le curry et l'ail, ces hideuses plaques rouges. Elle observe la course de l'eau entre ses seins, sur le ventre déjà un peu gonflé, puis le long de ses jambes, jusqu'à la bouche d'évacuation. Le regard rivé sur les méandres que dessinent ses veines sous la peau translucide de ses pieds, elle sent une vague honte monter en elle. Pour sa première vraie rencontre avec ces amis d'Étienne, elle a voulu jouer à la parfaite maîtresse de maison. Sans même y réfléchir, elle a endossé ce rôle avec fougue. Il fallait que la mise en scène soit parfaite et le dîner délicieux, et maintenant c'est à elle de se faire belle. C'est cela qu'attend Étienne en réalité, bien sûr : « va prendre une douche, ça te fera du bien » voulait dire « sois présentable, pare-toi, assortis-toi au décor ».

La friction de la serviette lui met la chair à vif. Le rouge s'est retiré de ses joues sous l'effet de la douche fraîche, mais il y revient de plus belle à mesure qu'elle pense à la rencontre à venir. Claudia enfile une robe noire. Elle se maquille en cherchant à faire disparaître sous le fond de teint les taches pourpres qui continuent de s'étendre sur son visage. Elle hésite à se laver encore une fois – il lui semble deviner un relent de curry sous l'odeur de verveine laissée par le savon, mais il est trop tard, ses hôtes vont arriver.

Dans le miroir de la salle de bains, elle se dévisage, et se voit telle que les amis d'Étienne vont la voir : une fille fade et gauche, une fille qui n'a rien à dire, une fille qu'il a choisie parce qu'elle s'occupe bien du foyer, sans doute, et parce qu'elle ne risque pas de lui faire de l'ombre. Elle a consciencieusement et stupidement mis toute son énergie à se rapprocher de cette caricature, et à se montrer à l'opposé de ce qu'ils sont, eux, et de ce qu'elle aurait voulu paraître : toujours pressés, débordés de travail, incapables de trouver cinq minutes pour s'occuper des choses pratiques, aspirés par le tourbillon des affaires et de la vie parisienne.

Elle aurait dû réfléchir à ce qu'elle allait leur dire, à la manière de se présenter. Elle aurait pu construire son personnage au lieu de se jeter ainsi corps et âme dans l'élaboration du décor.

Claudia, l'effacée. Elle voudrait s'appliquer à la lettre ce qualificatif tant entendu. S'effacer, disparaître. Ne pas affronter les regards curieux ou indifférents, s'éviter la gêne de détecter l'ombre de l'ennui dans les yeux de ses interlocuteurs dès qu'elle prononce quelques mots. Elle a, bien sûr, toujours la possibilité de se taire : se taire, sourire, rire aux plaisanteries des autres. Mais elle sait qu'ils la jugeront plus cruellement encore, Claudia, la potiche, la fille sans intérêt.

Elle rejoint Étienne sur le canapé. Il feuillette des documents rapportés du travail. Sans lever les yeux, il attire Claudia contre lui, de sa main assez grande pour saisir la moitié de la cage thoracique de sa compagne. Ses doigts pianotent sur et entre les côtes de Claudia. Noire, blanche, blanche, noire. Ses doigts reprennent la mélodie du cœur affolé de Claudia. Elle hésite à lui demander de lui parler un peu de Johar et de Rémi, de ce qu'ils font dans la vie en dehors de leur travail, de ce qu'ils aiment. Il est peut-être encore temps de se préparer à la rencontre. Mais Étienne ne comprendrait pas, il lèverait un œil étonné des contrats qu'il est en train de relire, lui suggérerait de leur poser la question elle-même.

Ne tenant pas en place, Claudia se lève et regagne la cuisine. Dans le miroir du salon, sous une couronne de fruits et de vignes de plâtre, la fille en robe noire qui lui jette un regard à travers ses mèches brunes a une boule de feu à la place du visage.

2

Johar marche dans le soir. Elle a demandé à son chauffeur de la laisser à quelques pâtés de maisons de l'immeuble d'Étienne. Elle a besoin de s'aérer un peu avant de s'enfermer pour la soirée. Elle marche lentement, peu pressée d'arriver à ce dîner qu'elle n'attendait pas et qui l'ennuie déjà. Elle prend le temps de respirer le parfum lourd de ce soir d'été. Les avenues sont larges, ici. Certaines fenêtres ont des auvents rayés qui oscillent doucement dans la brise. Le bruissement des arbres accompagne ses pas, la canopée dessine au-dessus de sa tête une arche protectrice.

La voici arrivée boulevard Raspail, au pied de l'immeuble d'Étienne. Johar s'assied sur un banc. Elle inspire. Quelques traînées grises sont apparues dans le ciel. Des bourrasques qui jouent avec les feuilles sèches viennent plaquer leur souffle chaud contre sa bouche. Il faudrait qu'un orage éclate enfin, que la pluie vienne dissoudre la moiteur de cette fin août, emportant avec elle la sueur et la fatigue de la journée. Elle bascule le visage en arrière. Le feuillage de platanes forme au-dessus de ses yeux des découpes géométriques ocre sur le fond bleu du ciel, qui lui rappellent les stéréogrammes de son adolescence. Elle se dit que si, comme alors, elle en fixait suffisamment longtemps les motifs abstraits, elle verrait peut-être se dessiner en relief l'image qui y est cachée.

Elle aimerait passer la soirée sur ce banc à observer le film de la ville. Plus jamais, elle ne voit la ville. Elle quitte le monstre de granit et de béton où elle travaille pour la tiédeur de la berline qui la ramène dans son grand appartement de la banlieue ouest de Paris. Elle arrive chez elle, se douche, retrouve Rémi parfois, se retrouve le plus souvent seule parce qu'il est sorti, fatigué de l'attendre, ou parce qu'il dort déjà.

Plus jamais elle ne marche dans la nuit. Dans le quartier d'affaires devenu le théâtre de sa vie, il n'y a pas de nuit. Il n'y a pas d'odeurs, ni de pas qui ralentissent. L'intensité du gris est tellement forte qu'elle masque la clarté des soirs d'été. Quelques arbres malingres aux racines piégées dans de hideuses molaires de pierre tentent d'échapper au regard, comme honteux de venir interrompre l'uniformité de la cité minérale. Johar ne les voit plus. Elle parcourt la dalle tête baissée en faisant claquer au sol ses talons carrés – trop fins, ils se piégeraient entre les plaques de granit et risqueraient de lui briser la cheville. Comme toutes les femmes là-bas, elle circule en tailleur sombre, les cheveux lissés. Elle ne lève jamais les yeux vers le sommet des tours de verre et d'acier. Elle court d'un rendez-vous à l'autre, ses écouteurs vissés aux oreilles.

Les fesses épaisses de Johar forment un coussin confortable sur le banc. Elle a grossi pendant les vacances. Trop de douceurs. Elle se dit que si le rythme infernal de ses journées de travail a une vertu, c'est celle de l'éloigner de la tentation des sucreries. Elle voudrait remonter ses jambes et serrer ses genoux contre son torse, dans cette position adolescente qu'elle croyait avoir oubliée. Mais son tailleur la serre trop. C'est le seul tailleur dans lequel elle a réussi à entrer ce matin, un vêtement trop chaud pour la saison, mais qui lui a paru plus adapté au déjeuner avec son président, Carl, que les robes qui auraient laissé déborder ses rondeurs estivales.

Elle doit entamer un régime. Elle a commencé aujourd'hui, en fait, sans le vouloir : elle était si nerveuse pendant le déjeuner qu'elle n'a pas réussi à avaler une bouchée. Maintenant elle a faim, et chaud. La fatigue l'écrase sur ce banc du boulevard Raspail. Johar pense que jamais elle ne parviendra à se lever. Elle sait qu'elle a mille choses à faire – se hâter vers ce dîner où son retard frôle déjà l'impolitesse, réfléchir à la décision que Carl lui a demandé de prendre, l'appeler pour lui faire part de sa réponse. Mais elle laisse glisser loin d'elle toutes ces idées et accueille la torpeur rassurante qui la gagne.

Johar prend son temps. Elle gagne du temps. Appuyée au dossier du banc, elle sent l'air chaud et poisseux s'écouler autour d'elle. Elle a un petit mouvement de la main, comme pour tenter de crever la poche gonflée d'orage qui l'entoure. Elle écoute les bruits de pas sur le bitume, s'amuse à deviner à qui peut appartenir telle allure rapide et joyeuse, se retourne lentement pour confronter à la réalité le passant qu'elle a inventé. Elle s'imagine métamorphosée en une chouette qui dévisagerait les humains, bercée par le vent dans les branches.

Autour d'elle, le boulevard Raspail bruisse d'une vie calme et bien élevée. Des couples apprêtés comme s'ils se rendaient à une messe s'échappent des immeubles qui bordent la rue. Johar joue avec l'idée qu'en tendant l'oreille elle pourrait percevoir le ronronnement de la conversation qui a dû commencer sans elle dans l'appartement d'Étienne. On doit y parler d'art, de culture et de voyages avec des sourires satisfaits. Pendant son trajet en taxi, elle en a voulu à Rémi de l'avoir contrainte à venir à ce dîner, mais elle se dit que, finalement, c'est grâce à cette invitation qu'elle peut jouir de ces moments volés – sans doute les derniers avant longtemps. Les derniers avant le grand plongeon.

Si seulement on pouvait l'oublier sur ce banc.

Lui permettre de profiter de ces instants suspendus à la branche d'un platane. La laisser scruter avec les yeux d'une chouette la ville qui frémit.

Son téléphone vibre. C'est Rémi. Il est neuf heures et quart. « *Ne t'inquiète pas,* tapote Johar en réponse au message de son mari. *J'arrive.* »

3

Claudia entend des claquements de talons dans l'escalier. Elle appuie sur la boule qui se forme dans son ventre.

Cela fait un long moment que Rémi est arrivé, mais elle a réussi, après les quelques phrases de politesse initiales, à se réfugier dans la solitude réconfortante de la cuisine. Il a remarqué le rouge de ses joues bien sûr, il a plaisanté du rouge de ses joues, en faisant mine d'être gêné de les interrompre, Étienne et elle, en pleine dispute – ou en pleins ébats amoureux, elle n'a pas bien compris, trop spirituel ou trop vulgaire pour elle, mais elle ne l'a pas fait répéter, elle a ri et a senti les plaques sur son visage prendre la teinte d'une crête de coq.

Elle n'a en réalité plus rien à faire dans la cuisine. Le repas est prêt. À travers la verrière qui sépare la cuisine du salon, Claudia aperçoit les deux hommes que son absence indiffère. Elle se glisse derrière la table de bar qui scinde la pièce en deux, soulagée de se savoir hors de vue. Elle fait encore quelques pas, à reculons, jusqu'à retrouver dans son dos la chaleur familière du mur qui jouxte la fenêtre. Le grand damier noir et blanc du carrelage s'étend de ses pieds jusqu'à la verrière. Elle a déjà perdu la partie, dame sans défense.

Elle tente de se laisser bercer par la mélodie des voix des deux hommes et d'oublier l'arrivée imminente de Johar, d'oublier qu'elle sera bientôt débusquée. Elle identifie surtout le timbre d'Étienne, plus aigu, plus nasal. Rémi intervient seulement par de petites interjections brèves et enthousiastes. Il jappe, se dit Claudia. Elle écoute le claquement des palais entre les gorgées du whisky apporté par Rémi. Elle rêve d'être, elle aussi, autorisée à dissoudre un peu de son angoisse dans l'alcool.

Avant qu'elle ne regagne sa tanière, alors qu'elle apportait leurs verres aux deux hommes, Étienne lui avait attrapé le poignet, dans un discret geste de possession. Il avait tourné vers elle l'irrésistible mélange d'angles et de courbes de son visage, lui offrant au passage l'éclat de son sourire mondain. Elle se demande s'il riait de son angoisse, de plus en plus palpable au fur et à mesure qu'approche l'arrivée de Johar, ou s'il cherchait à masquer sa gêne devant la gaucherie de sa compagne.

De sa précédente et unique rencontre avec Johar, Claudia n'a conservé que le souvenir d'un rire fort et rauque, qui laissait apparaître un large espace entre les incisives. Le reste de la soirée est recouvert dans sa mémoire d'un voile cotonneux, sans qu'elle sache bien s'il y a été déposé *a posteriori* par son cerveau pour cacher la plaie douloureuse provoquée par son déroulement, ou si son mal de crâne lui avait réellement tout fait ressentir et voir de manière floue.

C'était au début de son histoire avec Étienne, il y a un peu plus de deux ans. À l'époque où il ne s'était pas encore résolu à la laisser s'emmurer dans sa timidité, à l'époque où il semblait suffisamment amoureux d'elle, ou du moins suffisamment fier d'avoir réussi à la conquérir, pour souhaiter qu'elle fasse la connaissance de ses amis. Avec la même persévérance que lorsqu'il avait convaincu sa jeune kinésithérapeute de bien vouloir aller boire un verre avec lui, puis passer une soirée entière en sa compagnie, avant que, bien plus tard, elle ne s'installe chez lui, il l'avait persuadée de l'accompagner à une fête d'anniversaire organisée par un de ses amis dans un bar parisien. Claudia s'était convaincue tout au long de la journée qu'au sein d'une large assemblée il lui serait plus facile de passer inaperçue, espérant trouver un coin sombre où attendre discrètement que les heures s'écoulent. Étienne était passé la chercher chez lui à la fin de sa journée de travail et ils étaient arrivés parmi les derniers. En un clin d'œil, elle avait compris combien son idée de se cacher était vaine. Pas de banquette où se glisser, seulement quatre tables hautes déjà prises d'assaut. Partout des petits groupes, collant leurs fronts et leurs coupes de champagne, parlant fort pour dominer le volume de la musique, attrapant par le coude les serveurs qui circulaient avec des plateaux chargés de friandises dorées.

Étienne, finalement plus désireux de s'amuser avec ses amis que de parader avec Claudia, l'avait littéralement projetée dans les bras de Johar, avant de rejoindre un groupe qui l'avait accueilli par des pépiements excités. Pour toute entrée en matière, il avait crié aux deux femmes en tentant de surmonter le vacarme : « Claudia, voici Johar, je t'ai parlé d'elle, la femme de Rémi, vous allez vous adorer, Johar est la fille la plus brillante et la plus authentique que je connaisse. »

De moi, il n'y a rien à dire, avait pensé Claudia.

Johar avait saisi Claudia par l'épaule, et il y avait, dans la spontanéité de cette étreinte, dans la franchise de ce sourire aux dents un peu trop espacées, une chaleur presque maternelle où Claudia avait tout d'abord eu envie de se lover.

« Claudia, Claudia, enfin un visage sur ce nom que j'ai entendu tellement de fois ! Je commençais à croire qu'Étienne te cachait, mais je comprends pourquoi, il a trouvé un trésor ! » s'était écriée Johar avant de partir dans un spectaculaire éclat de rire.

Et, avec une sotte confiance, Claudia avait écouté les flatteries en croyant y entendre une note sincère. Avec la même faiblesse que lorsqu'elle croyait voir dans les yeux d'Étienne de l'amour et peut-être même de l'admiration, avec la même vanité que lorsqu'elle pensait qu'il l'avait choisie parce qu'il devinait la pépite enfouie sous les strates de timidité et de discrétion, elle avait pensé que Johar saurait la déchiffrer. Un instant, elle avait rêvé de pouvoir s'ouvrir à Johar.

Puis un homme s'était approché et avait prononcé quelques mots à l'oreille de Johar, et celle-ci s'était exclamée « Quoi ? Quoi ? », semblant d'abord prendre Claudia à partie, et Claudia, qui n'avait pas compris si Johar le faisait répéter parce qu'elle n'entendait pas ou si elle exprimait sa surprise, avait souri bêtement, et soudain le rugissement de la musique était devenu une agression insoutenable, Johar avait complètement basculé son visage en direction de son interlocuteur et lâché l'épaule de Claudia. Claudia avait eu la gorge serrée par un sentiment d'abandon dont le ridicule la fait encore rougir aujourd'hui.

Seule, détachée de l'ancrage en Johar auquel elle avait cru un bref instant, Claudia s'était mise à flotter tristement au milieu de la mer de convives, ballottée entre les serveurs nerveux et les hôtes dont les sourires éclatants ne lui étaient jamais destinés. Il semblait à Claudia que ces inconnus la regardaient désormais d'un air gêné. *Il n'y a que moi qui suis seule*, s'était-elle dit en se cherchant bêtement une contenance, en faisant semblant de regarder son téléphone, et à la stupeur de l'abandon avaient succédé une colère et un sentiment d'humiliation qui lui avaient battu férocement dans le crâne. Étienne, bien sûr, ne la regardait pas, Étienne qui l'avait cajolée pour qu'elle consente à s'infliger ce supplice. Quant à Rémi qu'elle avait déjà rencontré à quelques occasions auparavant, il s'était contenté d'un petit hochement de tête en souriant dans sa direction, sans même prendre le temps de l'approcher pour la saluer. Autour d'elle, tous déambulaient dans un mouvement harmonieux, formant et défaisant de petits groupes, entrechoquant des verres, comme s'ils participaient à une chorégraphie dont seule Claudia n'aurait pas appris le motif. Elle voyait en particulier le corps de Johar, pourtant plus volumineux que le sien, qui se mouvait avec fluidité, semblant protégé des chocs par la rondeur de ses courbes et par l'épais casque de ses cheveux bruns. Et, régulièrement, Claudia entendait éclater son grand rire, n'osant pas la regarder de peur que cette femme comprenne qu'elle n'avait, depuis leur bref échange, trouvé aucun compagnon de discussion, et éprouve pour elle de la pitié.

Elle s'était promis de ne plus se laisser avoir, elle avait tenu tête à Étienne avec une détermination qu'il ne lui connaissait pas, en refusant toutes les invitations suivantes. Il pouvait sortir tant qu'il voulait mais ce serait sans elle. Il ne s'en était pas privé.

Elle avait tenté de lutter avec la même force quand, quelques jours plus tôt, Étienne lui avait annoncé avoir invité à dîner Rémi et Johar. Jamais il n'avait invité personne depuis qu'il vivait avec Claudia, c'était un équilibre qu'elle pensait immuable, elle s'occupait de la maison et de lui avec le sourire à condition qu'il ne vienne pas la mettre en danger dans sa forteresse. Et surtout pas en y faisant entrer Johar. Johar, qu'il trouvait brillante et authentique, Johar bien trop intelligente pour s'intéresser à elle, Johar qui était tout ce qu'elle n'était pas.

Mais cette fois, Étienne n'avait pas cédé. Il avait

même, à sa surprise, élevé le ton pour le lui signifier. Il était chez lui après tout, et il ne lui laissait pas le choix, il s'agissait d'un dîner important, d'un dîner d'affaires, on devait y aborder des sujets de grandes personnes qu'il n'avait pas pris la peine de lui expliquer mais dont Claudia devait reconnaître l'absolue supériorité. Et, non, ça ne pouvait pas être ailleurs, Johar n'avait pas le temps de recevoir (*contrairement à moi qui n'ai que ça à faire*, avait compris Claudia), et depuis quelque temps elle n'acceptait plus les invitations à sortir. Il fallait l'inviter chez soi pour être certain de sa présence.

Claudia n'avait pu qu'acquiescer et tenter de dissoudre son angoisse dans une sauce au curry.

4

Dès qu'elle entre dans l'appartement, Johar est assaillie par l'odeur. La voix d'Ella Fitzgerald qui l'accueille de son timbre rocailleux et les lumières douces qui éclairent les pièces en enfilade voudraient lui confirmer qu'elle vient de pénétrer dans une bulle d'élégance et de discrétion. Elles sont pourtant contredites par le parfum puissant du curry.

Alors qu'Étienne la serre dans ses bras dans un geste d'affection inattendu, Johar repense à son premier appartement parisien, rue Cail, à quelques pas de la gare du Nord. Les murs y étaient si mal insonorisés qu'elle entendait chaque discussion entre les voisins, heureusement le plus souvent dans des langues inconnues, que chaque pas dans la rue résonnait à son oreille et que chaque tour de machine à laver dans les appartements mitoyens venait comme une vague lui faire rouler la tête dans le sable. L'odeur du curry était partout, dans les couloirs de l'immeuble, devant les façades de tous les restaurants. Johar avait fini par ne plus la percevoir et s'était mise à humer discrètement le creux de son coude avant d'arriver au bureau pour s'assurer que l'odeur ne lui collait pas à la peau. De l'époque de la rue Cail, elle a gardé l'habitude de ne pas manger épicé, exigeant même de sa mère qu'elle prépare deux sauces lors des rares repas qu'elle prend encore chez ses parents, l'une conforme à sa recette de toujours, et l'autre, insipide, spécialement destinée à sa fille.

Johar jette un coup d'œil à la table impeccablement dressée dans la salle à manger et s'avance dans le salon. Rémi lui fait signe depuis le canapé. Elle se demande si c'est le moelleux des coussins ou les vapeurs de l'alcool qui l'empêchent de se lever pour la saluer.

« Claudia, tu viens dire bonjour à Johar », appelle Étienne. Johar a envie de rire en l'entendant s'adresser à sa compagne comme à une enfant, mais elle s'arrête en voyant la mine fermée de Claudia qui s'approche d'elle. Tous les traits de son visage sont tirés, des formes rouges barrent ses joues et sa gorge, son regard cherche à disparaître derrière ses mèches austères.

« Bonjour Claudia, comment vas-tu ? » demande Johar, en tentant de réconcilier cette vision avec le souvenir qu'elle avait gardé de leur précédente rencontre, celui d'une longue brune délicieusement discrète, et qui lui avait fait penser que les goûts d'Étienne en matière de femmes commençaient à se sophistiquer, lui qui avait jusqu'alors collectionné les avocates stagiaires blondes encore toutes roses de leur adolescence.

« Ça va, merci, et toi ? lui répond Claudia comme une petite fille bien élevée.

— Grosse journée. Dure journée. Je suis fatiguée. Excusez mon retard. J'avais prévenu Rémi que c'était risqué d'organiser un dîner en cette période de rentrée, toujours chargée, mais il m'a dit qu'entre vieux amis on pouvait se permettre ces petites impolitesses. Alors voilà, j'arrive, en retard, et les mains vides… Mais je suis contente de passer ce moment avec vous, vous êtes tout beaux et frais de l'été. On prolonge les vacances ensemble comme ça. »

Puis, pour essayer de détendre Claudia qui n'a pas bougé, grande forme raide figée à ses côtés, elle ajoute :

« Ça sent bon ! Je n'ai rien mangé de la journée. Qu'est-ce que vous nous avez mijoté ?

— Claudia a tenu à cuisiner un curry de poulet, c'est sa spécialité, répond pour elle Étienne. Je t'offre un whisky ? »

Et sans attendre sa réponse, il se dirige vers la cuisine, d'où il rapporte un verre à demi rempli de glaçons.

« Assieds-toi, Johar, mets-toi à l'aise. » Sans se préoccuper de Claudia gauchement plantée entre les fauteuils, Étienne se rassied à côté de Rémi et verse dans le verre bien plus que ce que Johar pourra raisonnablement boire. Il occupe tout l'espace de ses grands membres déliés, dans un contraste impitoyable avec Rémi, épaules arrondies, buste penché sur le ventre prêt à faire craquer le dernier bouton de la chemise.

« On peut remercier Étienne pour son invitation, ça nous permet de nous voir un peu, lui lance enfin Rémi, goguenard.

— Tu sais bien que je fais ce que je peux… Mais tu as raison. Étienne, c'est une excellente idée ce dîner, on se retrouve tous les trois comme au bon vieux temps, et je suis ravie de pouvoir faire plus ample connaissance avec Claudia. Claudia, tu ne veux pas t'asseoir avec nous, plutôt ? Désolée, Étienne, je te vole ton rôle de maître de maison, mais autant que ta femme aussi se mette à l'aise », et pendant que Claudia obtempère et se coule sagement dans le fauteuil qui fait face au sien, Johar jette un coup d'œil agacé à Rémi.

Elle se demande ce qu'elle fait là. Elle regrette la tranquillité de son banc. Elle ne se sent pas prête à affronter toute une soirée la politesse mielleuse d'Étienne, le malaise de Claudia ni la mauvaise humeur de Rémi à son égard – un comble, il l'a suppliée de venir ici, et maintenant il entreprend de régler ses comptes avec elle en public.

Elle avale une gorgée de whisky, trop vite. Elle s'est habituée à toutes les exigences de la vie de dirigeante sauf à celle de sauter les déjeuners. Dès qu'elle loupe un repas, elle a la tête qui tourne misérablement, qui tourne comme ce glaçon au fond du verre qu'elle agite en regardant ses hôtes et son mari en silence.

Étienne entreprend de la cajoler. Il a lu le portrait qu'a fait d'elle le magazine *Challenges* le mois dernier, « Johar Léger, la forte tête de la tech ». Il semble même l'avoir appris par cœur, car il lui en cite de longs extraits avec enthousiasme. Il a retenu le message martelé par son service de presse auprès des journalistes, elle pourra leur dire qu'ils ont bien travaillé : son fait d'armes de directrice des opérations n'est pas seulement d'avoir révolutionné l'entreprise, c'est d'avoir révolutionné le pays, en remportant et en exécutant de main de maître plusieurs contrats de digitalisation chez des fleurons de l'industrie française, ainsi que, Graal absolu, plusieurs ministères de la nation. Étienne a surtout retenu quelques formules qu'il se fait un plaisir de lui répéter, sa « poigne de fer », une « femme qui déplace des montagnes », et elle se laisse adoucir malgré elle. Étienne met toute la séduction de sa gueule d'acteur au service de son numéro de flatterie, ses yeux gris plongés dans les siens, l'épaisseur sensuelle de ses lèvres qui dévoile ses dents d'une blancheur impeccable, comme autant de cadeaux qu'il lui offrirait. Il a toujours été terriblement doué pour cet exercice.

Elle avait détesté cet article pourtant. D'abord le titre, « Johar Léger »... L'étrangeté de ce patronyme accolé à son prénom lui avait sauté au visage, comme à chaque fois. Elle a souvent regretté d'avoir adopté le nom de Rémi à leur mariage, par facilité, pour éviter d'avoir à systématiquement épeler cinq fois son nom lorsqu'elle se présentait. À ce regret s'ajoute aujourd'hui l'ironie qu'elle ne peut s'empêcher d'entendre dans ce qualificatif, *Léger* – dont elle raillait, plus jeune, l'inadéquation avec les rondeurs de Rémi –, lorsqu'elle observe sur les photos du magazine l'œuvre du temps qui a empâté ses joues et fait apparaître un ingrat petit matelas de chair sous son menton. Elle abhorre, enfin, les anecdotes qui ont perdu tout piquant à force d'être dites, les commentaires des anonymes qui profitent de l'occasion pour régler leurs comptes, et ceux des soi-disant amis qui ne savent la flatter que publiquement…

À l'idée qu'à sa prochaine nomination, il lui faudra supporter une nouvelle vague de ces communiqués publicitaires déguisés, Johar avale une nouvelle gorgée de whisky. Une mélodie sourde commence à palpiter dans son crâne.

Étienne interrompt un instant son éloge. Il semble chercher ses mots.

« Toi qui gravites si près du soleil… tu dois être dans le secret des dieux. Vous allez réellement racheter Neria ? La petite sœur va dévorer son aînée ? »

Puis très doucement, comme pour s'excuser de la question :

« Tu as sans doute ton mot à dire dans le choix des conseils qui vous accompagneront pour cette opération ? »

Johar lève un peu plus haut son verre de whisky. À travers sa surface dépolie, les longs bras d'Étienne s'étirent dans toutes les directions et se multiplient, araignée agrippée au canapé.

Ce n'était donc que cela. Une demande de service professionnel. Entre vieux amis, comme dit Rémi, on n'a pas besoin de toutes ces manières. Un coup de fil aurait suffi. Un coup de fil aurait été largement plus apprécié qu'une soirée gâchée. Elle a hâte de révéler le fond de sa pensée à Rémi, qui s'est sans doute rendu complice de cette mascarade.

Oui, elle a son mot à dire dans le choix des conseils, et pas qu'un peu. Étienne pourra lui rejouer la grande scène de l'admiration sans bornes quand il apprendra quelle place elle va bientôt occuper dans la nouvelle organisation. Et pour ce qui est de retenir les services d'Étienne plutôt que d'autres, cela ne lui pose pas vraiment de problème. Mais il est un peu tôt pour répondre. Johar a envie de jouer, ce soir.

Elle fait mine de n'avoir pas entendu la dernière question, repose son verre avec entrain, s'approche de la cheminée du salon. Elle saisit un petit fruit en céramique rouge vif, caresse les arêtes qui viennent rompre la régularité du globe, telles les coutures d'un ballon de rugby, admire la minuscule couronne posée sur son sommet aplati. Puis, s'adressant à Claudia qui n'a plus dit un mot depuis les politesses initiales, elle s'exclame avec un enthousiasme à peine forcé tant le whisky commence à lui faire de l'effet :

« J'imagine que c'est toi qu'on doit féliciter pour les touches féminines dans la décoration, Claudia. Elles sont magnifiques, ces grenades ! »

5

Grenade. Un silence, suivi d'une déflagration, puis d'une onde de choc qui projette son cœur tout au fond de sa poitrine.

Depuis qu'Étienne et Johar ont commencé à discuter, elle redoutait ce moment. Depuis que Johar s'est engouffrée dans le salon telle une tornade, depuis qu'elle lui a intimé de s'asseoir sur le fauteuil, depuis qu'elle a envahi la pièce de sa voix forte et de son rire, Claudia s'est retrouvée dans une scène mille fois vécue. Perdue sur une chaise au fond de la salle de classe, elle tremble à l'idée d'être interrogée par le professeur. Exilée au bout de la table familiale, elle fixe intensément le fond de son assiette en espérant que sa mère ne lui demandera pas ce qui se passe de *neuf* dans sa vie. Assise avec les amis d'Étienne, elle prie pour qu'ils ne s'aperçoivent pas qu'elle ne saisit pas un mot de leur conversation. Ce soir, elle a bien cherché à en capter des bribes, mais elle ne connaît rien au travail de Johar, et elle ignore tout de ces personnes qu'Étienne cite comme si elles lui étaient familières.

Et la foudre a fini par tomber sur elle, comme toujours.

« Elles sont magnifiques, ces grenades ! Où as-tu déniché ces merveilles, Claudia ? »

Soudain, ils ne parlent plus de transformation numérique, mais de décoration. Avant qu'elle n'ait eu le temps d'ouvrir la bouche, Étienne est venu à son secours.

« C'est moi qui les ai rapportées d'Iran. Tu sais qu'on trouve des représentations de ce fruit dans tout le Moyen-Orient. Plus largement qu'au Moyen-Orient d'ailleurs : on parle des grenades dans la mythologie grecque et même dans la Bible… »

Claudia observe son compagnon qui, sans même lui jeter un regard, a rejoint Johar près de la cheminée pour lui montrer ses céramiques et, sentant une colère mêlée de détresse monter en elle, elle se demande si elle parviendra un jour à résoudre cette contradiction : elle voudrait se rendre invisible, et pourtant elle leur en veut terriblement à tous de la rendre invisible.

Les grenades ne sont évidemment pas les siennes. Rien ici ne porte sa marque. Quand elle a emménagé chez Étienne, deux ans plus tôt, elle est arrivée avec trois valises pour lesquelles il lui avait fait de la place dans ses placards. Elle avait revendu les meubles de son studio sur internet. Les objets, elle les avait un peu donnés, beaucoup jetés. Quelques-uns avaient retrouvé en secret leur place dans la chambre des filles que ses parents avaient, à sa surprise, conservée telle quelle dans leur appartement. Tout ce qu'elle possédait lui avait soudain paru de qualité médiocre, de mauvais goût. Claudia n'avait pas voulu apporter les fragments de sa vie d'avant chez Étienne. Elle désirait, plutôt, découvrir le monde qu'elle avait seulement deviné lorsque, luttant avec patience et pugnacité pour la séduire, écourtant ses journées de travail pour venir l'attendre à la sortie de son cabinet, il l'emmenait dans un voyage immobile, attablé avec elle dans un bistrot parisien. La voix chaude et caressante d'Étienne la transportait alors dans l'espace et dans le temps, dessinant pour elle les paysages de lointaines contrées, la plongeant dans les couleurs et les parfums de civilisations inconnues d'elle. Lorsqu'il posait sa main sur la sienne, il fissurait sa carapace. Pour Claudia qui étouffait dans une vie trop étroite, Étienne ouvrait la porte d'un nouveau monde, grand et beau comme lui.

Son regard glisse des grenades aux dos glacés des livres d'art dans la bibliothèque, puis se perd dans l'épaisseur du tapis persan. Elle s'accroche à ces objets comme à autant de souvenirs de ses premiers moments avec Étienne. Elle suit de la pointe du pied les arabesques tissées dans la laine et s'aperçoit que sa cheville tremble imperceptiblement.

Elle se dit qu'il lui faut juste encore un peu de temps. Elle trouvera sa place. Cela ne fait pas de doute. Cela ne fait absolument plus l'ombre d'un doute, puisqu'il a voulu un enfant avec elle.

Étienne se retourne vers elle, ses doigts fins caressant la surface vernissée du fruit.

« Claudia, tu ne voudrais pas mettre tes courgettes au four ? Johar est affamée. Rémi et moi aussi, à vrai dire. Ce serait parfait de pouvoir passer à table d'ici à un quart d'heure. »

6

Étienne est intarissable sur le sujet des céramiques. Johar espérait faire diversion en s'intéressant aux grenades, mais il s'est engouffré avec délectation dans cette occasion d'évoquer son goût, ses voyages, ses rencontres. Étienne, comme toujours, parle de lui. Il s'éloigne un instant en direction de la salle à manger, mais avant que Johar ne puisse profiter de cette minute de quiétude, il revient avec un vase aux délicats motifs bleus.

« Tiens, regarde. Prends-le. Il te rappelle quelque chose ?

— Non. Je ne sais pas. Il était sur cette cheminée avant ?

— Mais non… ces motifs ? Ils te parlent, j'en suis sûr. »

Les doigts de Johar parcourent machinalement la surface du vase, suivent le tracé géométrique des étoiles turquoise. Étienne n'y tient plus : « Nabeul. C'est une céramique de Nabeul. »

Nabeul. Johar est assaillie d'images de la petite ville côtière de Tunisie. Nabeul, qui, telle la reine des termites, pondait un flot ininterrompu de céramiques, ses entrailles produisant des quantités monstrueuses de plats, d'assiettes, de bols, ornés de rosaces bleues et vertes, menaçant d'y noyer les hordes de touristes aux bras brûlés par le soleil qui se pressaient dans ses rues étroites. Johar se remémore son inquiétude d'enfant face aux innombrables paires de jambes, rouges et brunes, menaçant de piétiner la précieuse vaisselle qui se déversait sur les trottoirs.

Elle répond machinalement au sourire de satisfaction qui éclaire le visage de cet ami dont l'érudition l'avait un jour fascinée, au point de jouer un rôle décisif dans la définition de l'idéal intellectuel et bourgeois auquel elle tendait. Elle se demande ce qu'attend d'elle Étienne en lui parlant de la Tunisie. *Il pense peut-être que je lui attribuerai le mandat parce qu'il a contribué, à la hauteur des quelques dinars que lui a coûtés ce vase, au PIB du pays d'origine de mes parents*, songe Johar avec agacement.

« Je crois que je n'ai jamais mis les pieds à Nabeul, ment Johar. C'est le temple de l'artisanat bon marché, là-bas. Ça ne te ressemble d'ailleurs pas beaucoup d'y avoir passé des vacances.

— Je m'y suis arrêté en route pour la cité punique de Kerkouane. Tu sais que c'est la seule ville phénicienne qui le soit restée ? Toutes les autres, Carthage en particulier, ont été romanisées plus tard, mais Kerkouane nous parvient telle qu'elle a été abandonnée, plusieurs siècles avant notre ère. »

Rémi intervient, depuis les profondeurs du canapé où ses amis l'avaient oublié.

« Pas la peine d'enfoncer le couteau dans la plaie, Étienne, on ne connaît pas Nabeul, on ne connaît pas Tunis, ni Djerba, rien, tu sais que les vacances en Tunisie sont interdites dans la famille.

— On a eu cette discussion cent fois, l'interrompt sèchement Johar. C'est trop construit maintenant. Ils ont défiguré le littoral.

— Il reste des merveilles oubliées, pourtant, reprend Étienne. À Kerkouane, j'ai marché – seul, personne ne connaît ce site – au milieu des ruines qui surplombent la mer, entre les pierres sèches et les oliviers, dans la belle lumière du crépuscule. »

Johar tourne la tête, gênée de se trouver ainsi plongée dans l'intimité des souvenirs d'Étienne. Il lui semble n'avoir jamais vu la Tunisie à cette heure du jour qu'évoque Étienne, celle où le rose enveloppe tout de sa douceur. Elle a l'impression de n'avoir connu le pays de ses parents qu'accablé de lumière et de chaleur. Sa Tunisie à elle, ce sont les réveils moites sur les matelas de mousse jetés au sol dans le petit appartement de sa tante. La morsure féroce du soleil lorsque, après avoir dévalé les marches de l'immeuble à la suite de ses cousins, elle se retrouvait projetée sur le terrain vague qui servait de dalle centrale à la petite cité de la banlieue de Tunis. Les jeux de ballon dans la poussière visqueuse, les poursuites dans les rues sans ombre de la ville quand un adulte leur donnait quelques pièces pour aller se rafraîchir au Magasin général à coups de boissons gazeuses trop sucrées.

Johar pense avec amertume que ses parents ont quitté la banlieue de Tunis pour retrouver, à Noisy, les mêmes murs trop étroits, les mêmes cages d'escalier à la peinture qui s'effrite, les mêmes dalles de cité grises. Ils ont laissé derrière eux leurs parents, les tombes de leurs ancêtres, leur langue maternelle à la rugosité si rassurante, pour les petits matins passés à pétrir, à la boulangerie de Noisy, un pain qui ne sera jamais vraiment français.

C'est pour elle, bien sûr, pour son frère et elle qu'ils ont fait tout ça. Pour leur donner le droit de réussir. Le devoir de réussir. Johar a suivi la consigne à la lettre. Elle a travaillé, patiemment, elle s'est battue, elle est montée, plus haut, toujours plus haut.

Johar fait quelques pas dans le salon pour échapper à la volubilité d'Étienne. Elle regarde Claudia, derrière la verrière de la cuisine, déposer dans un plat des fleurs orange au ventre bombé. Leur collerette délicate qui ploie sous le poids de la farce ravive en elle une image oubliée. Elle se remémore une baignade improvisée un soir, au cap Bon, après une longue journée de voiture. Elle se souvient de sa course à travers les fleurs sauvages par centaines qui s'ouvraient sur le tapis enfin frais du sable. Elle revoit ces petites fleurs blanches fragiles à la tête modestement baissée, elle entend la joie mêlée de peur des enfants perdus dans l'étendue noire et calme de la mer. Elle sent la friction de la serviette avec laquelle sa mère l'avait séchée à la sortie du bain salé, la douceur de ses bras.

Sa mère a cherché à la joindre par téléphone plusieurs fois aujourd'hui. Il faudra qu'elle la rappelle. Mais elle doit commencer par appeler Carl. « Je vais fumer une cigarette sur le balcon, avant qu'on ne passe à table, Étienne, si ça ne te dérange pas. »

7

Une ombre passe devant la verrière, se glisse dans la cuisine et se coule sur le tabouret qui fait face à celui où s'était réfugiée Claudia.

« Ça va, Claudia ? demande Rémi. Ça sent bon, ce que tu as préparé.

— Merci… Les fleurs de courgette sont bientôt prêtes. »

Aussitôt elle a envie de se mordre les joues de colère. Elle déteste sa serviabilité, la docilité avec laquelle elle endosse son costume de maîtresse de maison.

Rémi s'installe confortablement. Il pose devant lui son verre de whisky et la coupelle d'olives qu'il a apportée du salon. Il lui sourit, un coude sur la table de bar et la tête calée dans la paume. Il semble avoir envie de discuter avec elle, contrairement à Étienne, qui, dès que Johar s'est éclipsée pour fumer à la fenêtre, a annoncé qu'il en profitait pour envoyer quelques messages de travail urgents.

Rémi est celui des amis d'Étienne que Claudia a vu le plus souvent, et sans doute celui qui l'intimide le moins. Elle s'en veut car elle se rend compte que sa relative confiance en Rémi tient à son physique un peu ingrat, à ses épaules qui s'enroulent autour de son torse comme si elles voulaient en cacher les contours presque féminins, à ses joues telles deux petites outres dans lesquelles s'accumule l'excédent de chair du visage. Rémi dégage une forme de simplicité rassurante que Claudia rattache confusément à son métier – Rémi enseigne l'économie à des élèves de classe préparatoire dans un lycée, elle se dit qu'il a l'habitude de s'adresser à des personnes plus jeunes et plus ignorantes que lui, que son rôle est de leur donner confiance – et peut-être, aussi, à ses origines familiales, qu'elle sait relativement modestes.

Rémi est heureux d'échapper quelques minutes à la tension qui règne encore dans le salon. Il a toujours aimé les cuisines, l'odeur de l'huile qui chauffe, les discussions parallèles, les confidences autour des fourneaux. Il prend le temps d'observer le visage de Claudia. C'est un visage qui se dérobe, qui vous échappe, et pourtant sa douceur donne envie de l'apprivoiser. Il écoute respirer Claudia comme un enfant écoute le pouls du moineau qu'il tient dans sa main. Il se délecte de cette fragilité, si éloignée de l'assurance débordante de Johar. Quelque chose chez Claudia lui rappelle Manon. Il se demande s'il trouvera un moment pour appeler Manon dans la soirée. Il prend conscience que, depuis cet été, il a besoin de lui parler tous les jours, qu'il dort mal la nuit s'il n'a pas entendu au moins une fois dans la journée le timbre un peu rauque de sa voix, que l'agitation de ses mains cesse seulement lorsqu'elles parcourent les sinuosités dessinées par les taches de rousseur qui constellent le dos de Manon.

« Ça se passe bien, ton travail au cabinet ? demande-t-il à Claudia pour amorcer la conversation.

— Oui », répond Claudia.

Elle sent qu'elle doit poursuivre, rebondir, mais elle ne sait pas quoi dire. Cela leur est si facile, si naturel, à eux, aux autres, de parler de tout et de rien.

Elle se fait violence pour reprendre : « Mes patients vont bien. Enfin, suffisamment mal pour que j'aie du travail. Mais ils vont bien. Mieux, après, en général. » Il lui semble entendre résonner longtemps entre les murs de la cuisine l'incongruité de ses mots. Rémi rit. *Il pense que je fais de l'humour*, se dit Claudia.

« Et les affaires fonctionnent ?

— Plus ou moins. Pas toujours facile. Avec les prises de rendez-vous en ligne, l'agenda devient de plus en plus aléatoire, je peux avoir des journées où les trois quarts des patients se décommandent. Et pendant ce temps les charges fixes doivent être payées… »

Elle retrouve sans effort la petite musique de la dure vie des professionnels de santé libéraux, entendue cent fois dans le cercle familial. Dans la bouche de son père, psychiatre, et de sa mère, gynécologue, il n'était jamais question de soins ni de patients, mais de plannings, de charges, d'investissements. Ses parents dirigeaient ensemble une entreprise tout entière tournée vers la production de confort matériel pour eux-mêmes et leurs six enfants. Pendant que son père, grand argentier, optimisait l'accumulation de richesses, sa mère, logisticienne en chef, planifiait avec une égale efficacité ses longues journées de consultation, les multiples activités périscolaires de la fratrie et les vacances à l'île de Ré. Une équipe de jeunes filles au pair, bras armés de la machine de guerre maternelle, les accompagnait à l'école, à la leçon de solfège, et, l'été, au cours de planche de voile. Elles préparaient les tartines le matin et lisaient les histoires le soir. Dans la vision taylorienne de l'éducation qu'avaient ses parents, les moments de rêverie partagée ou les caresses de réconfort n'avaient pas leur place. À la maison, la parole des enfants était minutée, autorisée seulement autour de la table du déjeuner en fin de semaine. *Mon temps de discussion en tête à tête avec Rémi excède désormais celui que j'ai eu avec mon père*, se dit Claudia. Elle a l'intime conviction que ses parents n'ont jamais connu, ne connaissent toujours pas leurs enfants. Ils se contentent de les classer en deux catégories, les faciles et les difficiles, et au plissement d'yeux de sa mère lorsqu'elles se croisent Claudia sait qu'elle relève de la deuxième.

« Comment tu en es venue à choisir la kiné ? » la relance Rémi.

Par hasard, et seule, pense Claudia. Par défaut, et par chance. Quand, en début de classe de terminale, elle avait sollicité sa mère pour un « conseil personnel », celle-ci avait secoué la tête. « Ce n'est pas à moi de te prescrire la pilule, Claudia. Je t'adresse à une consœur. » C'est donc au cours du tour de table dominical que Claudia avait dû, le visage rouge d'émotion, faire part de son envie, malgré ses résultats scolaires moyens, de suivre la voie parentale de la médecine. Elle revoit les deux fentes perplexes dans le visage de sa mère, le sourire crispé de son père qui avait murmuré, pour lui-même, quelques mots sur la difficulté de l'autorégulation de l'estime de soi à l'adolescence, les visages inexpressifs de ses frères et sœurs concentrés sur leurs propres prises de parole à venir. Le jus de poulet tremblotait dans la saucière au rythme du battement de sa jambe sous la table. Quelques semaines plus tard, elle s'était inscrite en kiné.

« J'avais envie de soigner. J'aime guérir, et j'y arrive mieux avec les mains qu'avec la parole », répond Claudia à Rémi, tout étourdie de révéler autant d'elle-même. Elle hésite à en dire plus, à lui raconter la poésie étonnante des corps étendus sur sa table de kiné, les peaux, parfois lisses, parfois grumeleuses comme de la semoule, les omoplates saillantes, les grains de beauté pareils à des grains de café. Pour se donner du courage, elle s'imagine en train de rectifier la cyphose de Rémi, de masser les plis en forme de sapin de Noël de son dos. Elle pourrait lui parler de la puissance surprenante de ses mains qui pressent, étirent, tordent. Mais il ne l'écoute plus.

Claudia se retourne pour voir où s'est perdu le regard de Rémi. Sur le balcon de la salle à manger, Johar tapote nerveusement sur son téléphone.

« À qui est-ce qu'elle écrit comme ça ? souffle Rémi. C'est amusant comme, d'un jour à l'autre, on en arrive à ne plus rien se dire. À ne plus rien comprendre. À moins qu'on n'ait jamais rien compris. »

Il prend son verre de whisky, abandonne les dernières olives noyées dans leur saumure, et quitte Claudia sans un mot.

8

Accoudée à la rambarde de fer forgé, Johar savoure la brûlure âcre de sa bouffée de cigarette. Le ciel a pris une couleur électrique, comme si les antennes qui hérissent les toits d'ardoise des immeubles face à elle y avaient brutalement déchargé toute la tension accumulée pendant la journée. De son pied posé sur la jardinière, elle manque de renverser le verre qu'elle a calé entre deux brins de lavande. Rien que pour cette liberté de pouvoir s'échapper à tout instant avec un alibi incontestable, elle se dit que cela vaut la peine de se calciner les poumons. C'est peut-être le seul trait d'union entre l'adolescente qu'elle a été et la femme qu'elle est devenue, la cigarette. La seule rayure laissée apparente sous la couche de vernis dont elle a recouvert sa vie.

Dès qu'elle aura fini sa cigarette, elle appellera Carl. Plus précisément, dès qu'elle aura fini sa cigarette, elle reprendra une gorgée de whisky, puis elle appellera Carl. Elle lui a promis une réponse avant 21 heures. Il va lui faire remarquer qu'elle est en retard. C'est lui pourtant qui a tenu à ce qu'elle prenne ce temps de réflexion. « Pour en parler avec ton mari », lui a-t-il dit, sans qu'elle sache si l'ironie de cette phrase était intentionnelle. C'était de toute façon un délai de pure forme. Une proposition pareille ne se refuse pas, c'est, plus qu'une suite logique, un accomplissement. Il lui offre une véritable consécration.

Johar songe à l'étrange sentiment de détachement qui l'a gagnée, ce midi. Tout autour d'elle, l'étage qu'occupe le comité exécutif d'Oryx vibrait de l'excitation du secret, le bourdonnement de plaisir qui avait grésillé sur la ligne des multiples réunions téléphoniques organisées pendant les vacances était devenu vrombissement quand l'équipe s'était retrouvée à la tour de la Défense. Carl avait traversé le grand open space en direction de son bureau, ses souliers ocre glissant sur la moquette. Il avait sur le visage un petit sourire, mais les reflets du soleil sur ses lunettes empêchaient Johar de lire l'expression de ses yeux. Il lui avait proposé de déjeuner ensemble. En marchant à côté de lui vers la brasserie écrasée par la masse monstrueuse des tours, Johar, essoufflée et transpirante, avait pris conscience de sa démarche ridicule à force de vouloir suivre le pas rapide de son patron, du tressautement grotesque de ses seins lourds sous sa chemise. La chaleur qui se déversait par la béance de la Grande Arche comme une coulée de lave semblait distendre les formes et dilater le temps.

Elle avait tenté de reprendre une contenance au début du repas, alors qu'ils poursuivaient leur échange dans un chuchotement grave, au sujet du dossier brûlant du moment. Lorsque le ton s'était fait plus solennel, lorsque Carl, avec une mine de conspirateur, lui avait résumé les enjeux de la future entreprise fusionnée, qu'elle connaissait pourtant par cœur – cent mille collaborateurs dans le monde, plus de 10 milliards de chiffre d'affaires, une croissance à deux chiffres à sécuriser –, puis lui avait demandé de prendre les rênes de l'ensemble, dont lui-même deviendrait président non exécutif, elle s'était fait violence pour réintégrer la carapace de cette femme engoncée dans son costume trop étroit et trop chaud. Mais elle se sentait incapable d'habiter pleinement son corps, envahie par un étrange et inhabituel sentiment d'être ailleurs. Elle avait hoché la tête et répondu mécaniquement, vaguement inquiète à l'idée que son patron, qui guettait sans doute sur son visage des signes de joie ou de fierté, n'y trouve qu'un masque indéchiffrable. L'entrecôte dans son assiette exsudait des sucs rougeâtres. Johar n'y avait pas touché. Elle s'était engagée à répondre à Carl avant 21 heures.

Johar aspire une bouffée de cigarette. Elle observe avec une pointe d'amertume que cette impression inédite d'être dissociée d'elle-même est venue la priver de l'intensité de ce moment mille fois imaginé, de cette victoire mille fois espérée. Est-ce un problème d'impréparation ? Peut-être l'effet de l'été. Un parfum de vacances qui imprègne encore sa peau, quelques grains de sable toujours coincés sous ses ongles. Elles étaient bien, ces vacances. Surtout les derniers jours, lorsque Rémi et elle avaient eu la grande maison pour eux seuls, une fois leurs amis et leur progéniture partis. Elle se levait très tôt le matin. Rémi dormait tard. Elle buvait son café en plongeant les yeux dans la Méditerranée en contrebas. Elle écoutait le crissement des cigales qui progressait au fur et à mesure que s'élevait le soleil. Elle descendait en chemise de nuit le sentier bordé de figuiers qui conduisait jusqu'à la crique aux eaux claires, prenait un premier bain salé. Les paquebots défilaient au loin, et Johar s'enivrait du bleu immense de la mer.

Johar regarde sa cigarette se consumer entre ses doigts, comme on regarde s'écouler les derniers grains d'un sablier, comme on suit leur course qui s'accélère lorsqu'ils se précipitent dans son goulot étroit. Elle embrasse du regard les collines bleutées que dessinent les toits de zinc qui lui font face, savoure les cris des enfants qui, dans la rue, profitent de la liberté de ces derniers jours d'août.

La ville a un parfum d'herbe sèche et de poussière. Le mégot a refroidi entre son index et son majeur. Le whisky hors de prix d'Étienne a pour elle le goût des whiskys bon marché qu'elle mélangeait à du Coca pendant les soirées d'école d'ingénieur, au temps lointain de sa jeunesse. Johar sort son portable de sa poche. Sur l'écran de veille, un bandeau vert clignote « Maman ». Elle a toujours un choc, quand elle voit ce mot « maman ». Malgré toute la distance que Johar a voulu mettre entre sa mère et elle, il reste ce mot, tellement intime.

Sa mère a encore essayé de la joindre. Elle n'a pas

laissé de message. Derrière l'écran du téléphone, Johar imagine son visage tel qu'elle l'a vu pour la dernière fois, en janvier, ses cheveux gris qu'elle porte trop longs ramassés en une tresse faite à la va-vite, les coins des yeux et de la bouche qui s'affaissent comme sous le poids d'un sentiment de déception chaque jour plus fort. Avec les années, la rage des boucles autour de son visage s'est apaisée – sans doute les cheveux blancs sont-ils plus souples que les bruns, se dit Johar. Peut-être parce qu'elle est plus à l'aise sans sa chevelure crépue, ou parce qu'elle se moque de tout maintenant, elle semble avoir abandonné le petit foulard pastel que Johar lui avait connu depuis son enfance. Johar pense au temps qu'elle-même passe à combattre sa crinière, aux heures face au miroir armée d'un sèche-cheveux, à ses contorsions pour atteindre l'arrière de sa tête, à l'odeur de cheveu brûlé qui accompagne inévitablement l'obtention de cette belle masse épaisse et lisse. Elle s'imagine un instant à la prochaine assemblée générale des actionnaires, son fatras de boucles caché sous un foulard pastel.

Elle rédige un long message à Carl qui parle de fierté, de remerciements chaleureux et de son désir de relever les multiples challenges de la future organisation. Elle l'efface. Elle écrit *« C'est d'accord »*, puis efface.

Du coin de l'œil, elle voit Rémi approcher de la fenêtre, le visage fermé. Il lui fait signe qu'il faut passer à table.

À : Carl

« Laisse-moi encore un peu de temps. Je suis désolée. Je te réponds dans deux heures max. »

Johar appuie sur *envoyer*.

9

À travers la verrière de la cuisine, au-delà du salon maintenant déserté, Claudia observe Étienne et ses hôtes réunis autour de la table de la salle à manger. Leur conversation est couverte par le rugissement de la hotte aspirante, qu'elle vient d'enclencher. Étienne ne veut pas qu'elle ouvre la fenêtre, par crainte que les odeurs de curry n'incommodent les voisins. Le soleil, en se couchant, a laissé derrière lui d'épaisses bouffées de chaleur. Claudia ouvre le four, dont le souffle brûlant lui saute aussitôt au visage. Du revers de la main, elle essuie la sueur qui perle au-dessus de ses lèvres. Elle sort le plat, le pose sur le plan de travail.

Les trois amis lui font face, dans un tableau qu'encadre l'armature en acier de la verrière. Johar et Rémi sont assis l'un à côté de l'autre. Étienne, debout derrière eux, leur fait goûter le bourgogne qu'il est allé chercher à la cave ce soir. Sous la lumière dorée des suspensions que ce dernier vient d'allumer, Rémi fait tournoyer dans son verre la première lampée, d'un rouge sang, un sourire d'anticipation heureuse sur le visage. Étienne caresse l'étiquette de la bouteille.

Penchée au-dessus du plan de travail, Claudia transvase les fleurs de courgette vers les assiettes, en prenant soin de ne pas éventrer les corolles bombées de farce. Elle se hâte, de peur que sa préparation ne refroidisse. De la salle à manger, Étienne lui jette un regard en coin. Claudia ressent une douleur sourde lui tirailler le ventre. Elle voudrait s'asseoir un instant, attendre que le spasme passe. Elle aimerait qu'une main rassurante se pose sur son épaule, chasse son angoisse qui, se dit-elle, s'exprime maintenant par la voix de son corps.

Étienne la rejoint. Au moment où il franchit le seuil de la cuisine, le masque souriant qui recouvrait son visage tombe d'un coup. Claudia sent la crampe se faire plus vive au creux de son abdomen. Elle éprouve une vague envie de pleurer, sans savoir si c'est la douleur, la peur ou la honte qui l'afflige ainsi. Elle n'ose pas se plaindre auprès d'Étienne. Et, pourtant, comme elle aimerait qu'il prenne soin d'elle. Juste un instant. Est-ce qu'il prendra davantage soin d'elle lorsqu'elle lui aura annoncé la nouvelle ?

Lui annoncer la nouvelle. L'espoir et la peur joignent leurs mains pour enserrer le cœur de Claudia. Ils n'ont pas relâché leur étreinte depuis son rendez-vous chez le docteur Edelman, trois jours plus tôt.

Claudia avait arrêté sa contraception fin juin. C'était une décision prise avec Étienne, une décision lumineuse comme un début d'été. Ils allaient passer deux semaines tous les deux dans le Luberon. Ils allaient faire un bébé. Ils allaient explorer ce grand pan de l'existence qui leur était inconnu, la parentalité, et peut-être s'y découvrir une nouvelle complicité. Puis les vacances avaient peu à peu pris la teinte terne de la lavande à demi sèche. Pendant les dix jours qu'il avait passés avec elle, Étienne lui avait, comme à son habitude, caressé machinalement les cheveux en lisant ou en écoutant de la musique ; il lui avait peut-être fait l'amour un peu plus souvent ; puis il avait dû rentrer prématurément pour tenter de se positionner sur une affaire, la laissant seule dans la grande maison de Ménerbes.

Lorsqu'elle prenait la pilule, Claudia n'avait pas de règles ; elle se réjouissait d'ailleurs de la possibilité d'échapper ainsi à cette facette dégradante de la féminité. Mais, depuis juin, les règles ne voulaient pas revenir. Quelque chose ne fonctionnait pas. En elle, il y avait toujours quelque chose de détraqué. Elle n'avait pas osé en parler à Étienne. Elle avait pris rendez-vous en secret le lundi de la dernière semaine d'août avec le docteur Edelman. Dès qu'elle avait eu franchi la porte du cabinet de sa gynécologue et qu'Audrey Edelman l'avait regardée de ses yeux doux, elle avait senti deux grosses larmes tracer un ridicule sillon sur ses joues. Audrey était dorée comme un croissant au beurre, ses longues mèches blondes devenues presque blanches avec le soleil, ses épaules joliment dessinées par son pull de lin. C'était le genre de femmes qui effrayait habituellement Claudia, avec leur féminité et leur sensualité débordantes, et pourtant, dès qu'elle s'approchait d'elle, Claudia ressentait des ondes de douceur qui la faisaient fondre. Elle aurait voulu que sa mère soit une gynécologue comme le docteur Edelman. Et, parfois, elle aurait voulu qu'Audrey Edelman soit sa mère. Le docteur l'avait examinée en silence, avec juste ce petit chantonnement grave dont elle ne semblait pas avoir conscience, puis l'avait regardée avec un demi-sourire. « Vous n'avez pas vos règles parce que vous êtes enceinte, Claudia. Félicitations. » Puis, pour chasser l'ombre qu'elle avait sans doute vue apparaître sur le visage de sa patiente, elle avait ajouté, plus doucement : « C'est une bonne nouvelle. N'est-ce pas ? » La première pensée de Claudia avait été pour sa mère, qui la trouverait d'une stupidité affligeante, si elle apprenait cela. La deuxième avait été pour Étienne – comment lui expliquer qu'elle avait vu son médecin sans le prévenir ? De nouvelles larmes étaient apparues, s'engouffrant dans le passage creusé par les premières. Le médecin n'avait plus posé de questions. Elle avait poursuivi ses examens, lui avait expliqué comment organiser le suivi de la grossesse. À la fin de la consultation, elle lui avait tendu une petite carte, où elle avait écrit à la main un numéro de portable : « Vous pouvez m'appeler. Si un jour vous en avez besoin, ou simplement envie. »

« Tout est prêt, Claudia, je peux apporter les assiettes ? s'impatiente Étienne.

— Une minute, j'ajoute quelques herbes et c'est bon. »

Étienne tapote nerveusement des mains sur le plan de travail. Il bout intérieurement de se plier en quatre pour Johar, Johar qui se permet d'arriver avec trois quarts d'heure de retard puis de faire la gueule à tout le monde. Il a sorti sa meilleure bouteille de la cave. Il a laissé cette pauvre Claudia passer son après-midi à cuisiner. Il a essayé d'orienter la discussion vers leurs centres d'intérêt communs, mais visiblement, la culture et l'art – même pas l'art, à vrai dire, *l'artisanat* – sont des plaisirs trop sophistiqués pour Johar. Et pourtant, Étienne n'a pas le droit de se départir de ses sourires faux ni de sa voix suave ce soir, parce qu'il le lui faut absolument, ce mandat.

Il se demande comment il a pu laisser les choses partir ainsi à la dérive, au cabinet. Ç'a d'abord été quelques glissements, à peine perceptibles. Deux clients fidèles qui se sont tournés l'un vers la concurrence, l'autre, pire, vers ses collègues. Un déjeuner d'associés auquel il n'a pas été convié. L'un de ses pairs les plus proches, presque un ami, qui, un matin, est sorti du bureau du patron en fuyant le regard d'Étienne. Étienne est incapable de reconstituer le fil logique de cette suite d'évènements, de dire si c'est parce qu'il a perdu son aura qu'il a perdu ses clients, ou l'inverse. Mais les chiffres ne laissent plus de place au doute. Son année est calamiteuse, et le restera à moins qu'il ne fasse entrer des affaires, tout de suite. Ce soir, il joue sa survie.

Étienne observe le plan de travail de granit où Claudia finit de garnir les assiettes, la table de bar, les meubles de cuisine aux lignes d'une sobriété parfaite. Son regard file vers les grands miroirs de la salle à manger et du salon qui se renvoient leurs reflets à l'infini, vers le parquet centenaire dont il aime entendre le craquement sous son pied. Jamais il ne pourra renoncer à tout cela. Au contraire : il est programmé pour en avoir toujours plus ; toujours plus grand, toujours plus beau. Il ferme les yeux. Il pense à l'ironie terrible que serait un retour en arrière, une rétrogradation, alors même qu'il vient de se résoudre à *avancer* dans la vie, comme on dit.

À côté de lui, Claudia dépose des tiges de coriandre sur les assiettes. Elle est concentrée sur sa tâche. Il observe son nez étroit et long, la pommette marquée, les lèvres serrées. De face, Claudia lui paraît toujours floue, mais son profil est plus net, plus dur. Cette femme, il l'a choisie par défi, pour se prouver que son charme opérait même à travers la gangue de timidité sous laquelle elle menaçait d'étouffer, mais aussi, surtout, parce qu'il savait que jamais sa supériorité sur elle ne serait mise en doute. Ce soir, un haut-le-cœur le secoue à l'idée qu'elle puisse un jour éprouver de la pitié pour lui.

« C'est prêt, vas-y. »

Étienne prend deux assiettes et se dirige vers la salle à manger, Claudia lui emboîtant le pas. Johar ne quittera pas cet appartement tant qu'elle ne lui aura pas promis le mandat.

10

Johar lève les yeux de son téléphone. Étienne et Claudia arrivent, une assiette dans chaque main, en une ridicule procession. Elle se demande quel besoin a cette femme de se cacher derrière son compagnon, et quel besoin il a, lui, de s'attribuer le mérite des plats qu'elle a visiblement mis des heures à mitonner. À sa gauche, Rémi déguste le bourgogne à petites gorgées. Elle entend un écœurant bruit de succion, on dirait qu'il dépose des baisers humides sur la bordure du verre.

En cet instant, elle les déteste tous. À vrai dire, c'est surtout elle-même qu'elle déteste. Comment a-t-elle pu écrire cela à Carl ? *« Laisse-moi encore un peu de temps. Je suis désolée. »* Jamais elle ne se montre désolée, de quoi que ce soit. Jamais elle ne se montre hésitante. Elle s'est stupidement laissé perturber par les appels de sa mère, qui a décidément bien choisi son jour pour prendre des nouvelles de sa fille. Elle a été déconcertée par l'insistance de Rémi, par cette intonation acide qu'il n'a habituellement jamais avec elle. Elle a mis en péril le job de sa vie pour une histoire de fleurs de courgette qui allaient refroidir.

La direction générale de l'entreprise, c'est un rêve inavouable tapi dans l'esprit de Johar depuis des années. Aux autres – à ses amis, à ses collègues, à la presse –, elle racontera sa joie de pouvoir, à travers ce poste, choisir le cap vers lequel elle emmènera ce paquebot et ses cent mille hommes, sa fierté de conduire les clients d'Oryx et de Neria vers de nouveaux horizons technologiques. Les mots sont déjà formés, alignés dans sa gorge, prêts à dégainer leur navrante platitude dès qu'elle ouvrira la bouche. Mais la vérité, c'est que cette promotion aura le parfum sulfureux de la revanche.

Johar repense à l'absence totale de pudeur dans les yeux de ses premiers clients lorsque, passé la stupeur de découvrir derrière son prénom non pas un homme mais une femme, ils la soupesaient du regard. Cherchant à apprécier à travers sa carnation aux reflets café, ses cheveux au mouvement trop rigide pour être naturel, et parfois jusque dans les profondeurs de son décolleté, l'étendue de ses compétences en logiciel, le degré de sa capacité à tirer la dernière goutte de sueur des développeurs qu'elle encadrait. Elle avait su, année après année, tenir tête à ces regards inquisiteurs et colmater une à une toutes les failles qu'ils auraient pu être tentés d'explorer – les imperceptibles traces d'accent hérité de sa mère, les rares incorrections de langage qui lui échappaient à ses débuts. Elle avait su se démarquer au sein de l'entreprise par sa force de travail, par sa pugnacité, son acharnement, même. En songeant aux nuits passées à corriger des contrats, à réécrire des lignes de code, à préparer, la boule au ventre, des entrevues avec des clients furieux ou avec des salariés dont il fallait se séparer, Johar se prend à désirer lire de la soumission dans les yeux de ses collègues. Elle les imagine, tous ces hommes-là – toujours plus vieux, toujours plus blancs, toujours plus hommes qu'elle –, en rang devant elle avec leur costume impeccable, leurs bonnes manières, leur parcours tristement linéaire, et elle rêve du triomphe de la fille d'immigrés sur tous ceux dont la carrière était écrite dès le berceau.

« Laisse-moi encore un peu de temps. Je suis désolée. »

Est-ce qu'elle a eu peur ? Est-ce qu'elle, Johar la guerrière, la battante, s'est laissé submerger par l'angoisse comme une enfant ? Elle a peut-être fini, comme tous les autres, par ressentir cette crainte de ne pas y arriver, de ne pas être à la hauteur. À moins, à l'inverse, qu'elle n'ait craint que ce soit le poste qui ne se montre pas à la hauteur de tout ce à quoi elle a renoncé pour lui.

Elle déteste cette idée de renoncement, pourtant. Elle n'a pas renoncé, elle a choisi. Elle a choisi ce chemin, aride et solitaire, qui l'a éloignée peu à peu de ses amis, de ses parents, de Rémi, ce chemin dont aucun pleur d'enfant ne menace de perturber le silence. Il se dessine aujourd'hui devant elle comme un pont suspendu au-dessus du vide, où le moindre pas de côté menace de la faire basculer dans le gouffre de l'inconnu.

Johar retourne le téléphone, face contre la table, pour échapper à la lumière hypnotique de l'écran. Elle inspire doucement, essaie de retrouver son calme. Par la fenêtre ouverte lui parviennent des cris d'enfants. Elle jette un coup d'œil à sa montre. Il est presque 22 heures. Elle se demande ce qu'ils font dans la rue à cette heure tardive, puis se souvient que c'est encore la période des vacances d'été. Elle essaie de saisir un mot mais ne perçoit rien d'autre qu'un brouhaha aigu et joyeux. Elle boit une gorgée de vin et résiste à l'idée de quitter sa chaise pour aller observer les enfants depuis le balcon. Elle va écrire à Carl tout de suite pour lui dire qu'elle accepte.

Mais elle lui a promis une réponse « dans deux heures max », il y a quelques minutes seulement. Il va la prendre pour une folle. Elle est obligée de patienter. Elle trouve un peu de réconfort auprès des arômes fruités du bourgogne, apprécie la sensation d'étourdissement que lui offre l'alcool.

Étienne a décidé de ne pas la laisser en paix : « Tu n'as pas touché aux fleurs de courgette, Johar. Tu n'aimes pas ?

— Si, si, bien sûr.

— Tu n'as pas l'air en forme, ce soir. Tu as eu une mauvaise journée ?

— Non. Au contraire. Une très bonne journée. Je ne suis pas censée vous en parler – mais je peux compter sur votre discrétion totale, n'est-ce pas ? Je n'ai même pas eu le temps de te l'annoncer, Rémi. Carl avait une très belle proposition à me faire ce midi. J'ai accepté le poste de directrice générale d'Oryx. »

11

Tout à coup, le salon vibre de surprise et d'excitation. Étienne recule brusquement sa chaise, percutant au passage celle de Claudia. Tous les quatre se retrouvent debout. Les mains saisissent les épaules de Johar avec admiration et affection. Étienne, Rémi et Claudia la prennent tour à tour dans leurs bras. Étienne l'étreint avec une insistance qui la surprend. Johar rit, elle passe la main sur ses cheveux, plonge ses doigts dans leur masse brillante, et, un instant, il semble à Claudia qu'elle va arracher sa perruque et la jeter au sol dans un geste théâtral. Rémi rit lui aussi, d'un rire sincère et émerveillé, comme celui d'un enfant qui vient de mettre le pied dans un parc d'attractions. Il tient Johar par la taille et cherche à l'attirer près de lui, avec une maladresse presque juvénile. Étienne parle sans arrêt, il répète le prénom de Johar comme une incantation, il dit « C'est extraordinaire, Johar, c'est formidable, Johar », puis, avec un air plus profond : « C'est largement mérité. Tu l'as vraiment mérité, Johar. »

Étienne demande à Claudia d'aller chercher

du champagne. Il s'exclame avec un petit rire fier « Heureusement que j'ai toujours du champagne au frais ! » et, pendant que Claudia prépare les coupes, elle l'entend répéter cette phrase, « Heureusement que j'ai toujours du champagne au frais », comme si c'était l'information la plus importante de la soirée.

Claudia revient avec les coupes et laisse Étienne ouvrir la bouteille. La mousse coule sur les mains tendues, les éclats de voix couvrent le bruit des verres qui s'entrechoquent. Pour une fois, Claudia n'a pas de difficulté à se fondre dans le paysage, toutes les joues sont aussi rouges et chaudes que les siennes, elle n'a qu'à rire et à répéter « C'est formidable ! Félicitations ! », elle aussi. Elle reçoit même un baiser d'Étienne sur le front, surprise d'être ainsi éclaboussée par son épanchement de joie. Étienne lève sa coupe avec une solennité joyeuse, tout le monde l'imite. Il claironne « À la directrice générale ! », et Rémi et Claudia reprennent en chœur, portant la coupe à leurs lèvres.

Dès qu'elle sent le contact des bulles contre sa langue, Claudia abaisse la main. Elle doit protéger cette vie inconnue qui se développe en elle. Elle regarde autour d'elle. Personne ne lui demande pourquoi elle ne boit pas, ne cherche à deviner son secret. Ses yeux glissent sur les fleurs de courgette qui ont totalement refroidi, intouchées dans l'assiette de Johar, à peine entamées dans les autres. Le bel orange flamboyant des corolles à la sortie du four s'est assombri, leurs extrémités s'affaissent sur leur ventre gonflé de farce blanchâtre.

Prise d'un léger vertige, Claudia agrippe la table. Elle sent de nouveau une douleur vive lui lacérer le ventre. Il lui semble qu'un charognard a planté ses crocs dans son abdomen et cherche à en arracher un morceau de chair. Les voix bourdonnent à ses oreilles. Elle entend les deux hommes envelopper Johar de leur admiration et de leur amour, elle pense à ce désir qu'ils ont eu de la toucher, à ce geste à la fois gauche et animal par lequel Rémi a tenté de l'entraîner vers lui. Elle revoit Étienne saisir Johar par la nuque et la presser contre son torse dans un geste presque tendre. Claudia frissonne dans le soir.

Est-ce que, quand elle annoncera à Étienne la nouvelle de sa grossesse, il l'enlacera avec la même douceur ? La question résonne douloureusement, se perd dans le grand vide qui la gagne de l'intérieur. Comme elle voudrait être certaine que oui. Comme elle voudrait pouvoir, maintenant, tout de suite, caler sa tête contre l'épaule d'Étienne, sentir la chaleur de son grand corps contre le sien. Avec cet enfant, elle retrouve l'espoir qui palpitait en elle lors de leurs premiers rendez-vous. Avec cet enfant, elle aura peut-être finalement le droit de pousser la porte du monde d'Étienne, de partager ses goûts et ses connaissances, d'entreprendre à ses côtés tous les voyages qui devaient être la clé de sa liberté. Il y a deux ans, Claudia s'était accrochée à la promesse de l'amour d'Étienne comme un naufragé au canot qu'il n'attendait plus. Depuis, elle s'est peu à peu laissé aspirer vers les eaux froides et grises de la solitude, mais l'enfant lui permet de croire de nouveau en son sauvetage. L'enfant lui évite la noyade.

Elle lève les yeux, la main toujours solidement agrippée à la table. La crampe qui lui déchirait les entrailles s'est dissipée. Étienne ne la regarde pas. Il ne la voit pas. Elle n'est rien. L'angoisse plante ses griffes dans son buste, remonte le long de son cou, agrippe sa gorge. Et si elle lui annonçait sa grossesse tout de suite, pour être rassurée ? Elle ouvre la bouche, la referme aussitôt en ravalant le paquet de larmes qui s'y est accumulé. Bien sûr, il ne faut rien dire maintenant. Ce serait une grotesque manière d'attirer l'attention. Elle a prévu de lui en parler ce week-end. Il ne lui reste que trois jours à patienter avec son secret. Trois jours, avant qu'Étienne ne l'aime de nouveau.

Dans un élan involontaire pour se donner du courage, Claudia redresse le menton, contracte les poings. Elle entend un bruit de verre brisé et voit sans comprendre un mélange de sang et de champagne dans sa paume, le long de son bras, jusqu'au coude. Le cristal délicat de sa coupe n'a pas résisté à la pression de ses doigts. Les trois autres la regardent avec étonnement, comme agacés de cette interruption importune.

« Mince, je suis désolée, je ne sais pas ce qui m'a pris… Je suis tellement maladroite ce soir. Je vais nettoyer. Ne bouge pas, Étienne, j'y vais. Je vais rincer tout ça. J'en profiterai pour débarrasser, ça a refroidi, de toute façon. On va pouvoir passer à la suite. »

12

Les mots font à Johar le même effet que les gorgées de champagne : de petites ondes de plaisir, qui partent de sa poitrine et descendent doucement jusqu'à répandre leur chaleur dans son abdomen. « Tu l'as mérité. Tu peux être fière. Tu seras une directrice générale extraordinaire. » Le plaisir est d'autant plus fort qu'il est teinté de l'interdit du mensonge. Elle ne considère pas vraiment leur avoir menti d'ailleurs, le mot est trop fort, lourd de jugement moral, en réalité elle a seulement joué à changer l'ordre des séquences. Elle appellera Carl dans une heure, mais elle a pris la liberté de jouir dès à présent des retombées de cet appel. Une heure volée après de longues années de patience : il ne peut rien y avoir de mal à cela.

« Le calendrier est déjà arrêté ?

— Carl va faire fuiter l'info à la presse demain. La fusion prendra encore plusieurs mois, il y a des étapes réglementaires et sociales incompressibles – ce n'est pas à toi que je vais l'apprendre. Je ne serai pas nommée formellement avant l'assemblée générale du printemps prochain, mais dès que mon nom sera connu je pourrai commencer à travailler sur le projet et constituer mon équipe. »

Johar savoure les bulles dorées qui éclatent sur sa langue. Elle se sent forte, ses jambes puissamment ancrées dans le sol, son corps concentrant vers lui toutes les lumières du salon. Si les lampes tournoient légèrement autour d'elle, c'est pour mieux l'auréoler de leurs rayons chatoyants. L'agitation qui a suivi son annonce leur a donné chaud à tous, ils transpirent, tout particulièrement elle dans son pantalon de tailleur trop épais et sa blouse à manches longues. Elle sent un filet de sueur ruisseler le long de sa colonne vertébrale et se demande si des auréoles d'un gris plus sombre se sont déjà formées au niveau de ses fesses. Elle aurait dû assumer une robe d'été. Sa robe portefeuille noire aurait été parfaite pour ce moment de triomphe. Elle s'imagine dominer la scène de son port altier, ses hanches mises en valeur par l'élégance du drapé. Rémi cherche de nouveau à l'enlacer mais elle ne lui donne pas de prise, elle est une statue qu'on touche du bout des doigts sans savoir si on y est autorisé. Comme il lui paraît loin le temps où elle n'aurait pas imaginé fêter un succès ailleurs que dans les bras de Rémi, son plus grand admirateur, son meilleur soutien. Leur complicité d'alors lui est devenue totalement étrangère. Pourtant, Rémi semble sincèrement heureux en cet instant, il a quitté son expression acide du début de soirée pour retrouver son sourire habituel. Johar se souvient d'avoir aimé sa bonne humeur permanente, son sens de l'humour plein d'autodérision, sa capacité d'émerveillement presque enfantine. Elle se souvient combien l'admiration qu'a toujours eue pour elle Rémi, et qui n'est sans doute que le contrepoint du mépris qu'il a de lui-même, lui a permis de garder le cap pendant les heures les plus difficiles. Mais elle n'a plus envie de lui. Plus besoin. Ce soir, Johar joue seule dans sa tête le film de sa consécration.

« Tu as déjà choisi ton futur comité exécutif ? »

Les mots d'Étienne lui parviennent comme s'ils avaient traversé un long tunnel. Elle se concentre pour répondre :

« Tu vas vite ! J'ai à peine pu digérer la nouvelle moi-même. Bon, sans doute que je sais déjà de qui *je ne veux pas* dans mon COMEX…

— Je n'en doute pas. Toute la vieille garde qui n'avait pas voulu croire en toi va s'en mordre les doigts… »

Sous la chaleur des félicitations d'Étienne, Johar perçoit une note de fébrilité. Elle ne peut s'empêcher d'en éprouver une satisfaction perverse. Rémi l'avait prévenue la veille que son ami traversait une période difficile sur le plan professionnel. Elle avait pensé : *Voilà ce qui arrive aux dilettantes, ils finissent par être démasqués.* Et ce soir, alors qu'elle scrute les yeux gris d'Étienne, ses yeux auxquels les trois grandes rides qui barrent maintenant son front donnent une beauté encore plus tragique que lorsqu'il était jeune, elle se demande s'il entend l'ironie de ses propres mots : lui non plus n'avait pas voulu croire en elle, pas plus que la vieille garde qu'il raille en ce moment.

Lorsque Johar avait rencontré Étienne, il y a presque vingt ans, c'était dans l'appartement de la rue des Saints-Pères que ses parents lui avaient laissé en partant vivre en Normandie. Rémi, qui était arrivé avant elle chez son ami, lui avait ouvert la porte et l'avait guidée dans un silence presque religieux vers le salon. Elle avait eu l'impression d'entrer dans un monde bicolore, dans une forêt fantastique où le brun du parquet et des bibliothèques qui couraient jusqu'au plafond répondait au vert des rideaux de velours, des fauteuils anciens et des livres reliés. Elle n'avait pas vu Étienne, tout d'abord, jusqu'à ce qu'il l'interpelle d'un « Bonjour Johar » qui l'avait fait sursauter. Elle avait levé les yeux et l'avait vu perché sur l'une des échelles qui menaient aux étagères les plus élevées, en train de chercher un ouvrage qu'il voulait prêter à Rémi. Il n'avait pas pris la peine de descendre pour accueillir la nouvelle venue. Il avait au contraire profité de son point de vue plongeant pour l'inspecter ostensiblement.

Pendant des années, lorsque Étienne s'était adressé à elle, il avait semblé à Johar que c'était à travers les couches de culture et d'histoire qui le séparaient d'elle ; que c'était depuis les hauteurs de son échelle. Mais l'angle de prise de vue a changé, ce soir. Aujourd'hui, la future directrice générale, celle qu'Étienne avait un jour qualifiée de « pittoresque » selon des propos maladroitement rapportés par Rémi, contemple depuis le sommet de sa gloire le minuscule Étienne.

« Pardon ? » demande Étienne.

Johar a dit à voix haute « minuscule Étienne ».

« Rien, excuse-moi, je pensais à autre chose. » Johar articule ces derniers mots laborieusement. Elle cherche à ajouter quelque chose, pour faire diversion, mais les idées s'égarent dans les vapeurs d'alcool qui encombrent son crâne. Elle a perdu l'habitude de boire autant. Elle se souvient qu'elle n'a quasiment rien mangé depuis ce matin. Elle passe la langue sur ses lèvres trop sèches. Elle doit avaler un verre d'eau. Elle s'approche de la fenêtre ouverte. L'air est totalement immobile, aucun souffle pour sécher sa peau moite. Les deux hommes l'ont suivie, ils tournoient autour d'elle comme des vautours. Leurs corps sont trop proches du sien, il lui semble soudain que ce sont eux qui lui donnent chaud, leur admiration forme un amas gluant dont elle n'arrive pas à s'extraire.

Elle observe le sourire fébrile de Rémi, la sueur qui perle au-dessus de sa bouche, elle scrute le plissement d'yeux complaisant d'Étienne, elle les écoute déverser sur elle le flot de leurs flatteries, elle observe son reflet sur leurs faces lisses jusqu'à l'écœurement, jusqu'à ne plus pouvoir supporter la médiocrité de ce miroir. Elle repose sa coupe de champagne, surprise elle-même d'être passée si vite du plaisir de l'ivresse au dégoût. Elle parcourt la pièce des yeux, jette un coup d'œil à travers le salon, au-delà de la verrière, à la recherche de la seule personne qui n'ait pas cherché à l'étouffer de ses louanges.

« Je vais aider Claudia à la cuisine. »

Rémi et Étienne la regardent, étonnés de l'urgence qu'ils ont perçue dans sa voix, puis acceptent l'évidence consistant à laisser deux femmes préparer le repas.

13

« Tu m'accompagnes pour une cigarette sur le balcon ? demande Rémi.

— Tu veux me faire rechuter ? répond distraitement Étienne.

— Mais non, je ne t'oblige pas à fumer. Tu ne vas pas me dire que tu ne supportes plus l'odeur, quand même ? On peut prendre l'air cinq minutes avant que le piment du curry qu'a préparé Claudia nous plonge dans les flammes de l'enfer. »

Étienne suit Rémi à contrecœur. C'est d'un moment en tête à tête avec Johar qu'il aurait besoin, pas avec Rémi. Celui-ci s'adosse au chambranle de la porte-fenêtre, à distance respectueuse du vide. Il n'a pas à proprement parler le vertige, mais il préfère rester prudent. Il tire de la poche arrière de son jean un paquet de cigarettes à demi écrasé. Étienne, accoudé à la rambarde de fer forgé, observe les passants déambuler dans le soir qui s'étire en longueur. Un groupe d'adolescentes qui se tiennent par la taille passe sur le boulevard en parlant fort. Dans la nuit déjà sombre, il suit du regard l'éclat laiteux de leurs épaules rondes et des grands pans de dos laissés découverts par leurs robes.

Rémi contemple jalousement les omoplates de son ami qui saillent à travers le coton léger de son tee-shirt, les rides sur son front et aux coins de sa bouche qui lui donnent plus que jamais une gueule d'acteur. Dommage qu'il ne fume plus, se dit Rémi, la scène serait belle comme dans un film américain des années 50. Il allume sa cigarette, observe le quadrillage que dessinent les platanes devant ses yeux, se demande quel âge peuvent avoir ces arbres pour s'élever ainsi jusqu'au cinquième étage. Leurs feuilles commencent à jaunir. L'été est bientôt fini. Tant mieux. Rémi attend avec impatience la mélancolie de l'automne, la douceur subtile de ses couleurs, le bruit des feuilles humides. Il a détesté leurs vacances en Grèce. Il a l'impression d'avoir passé trois semaines à vivre aveuglé par le bleu cru de la mer et la blancheur des villages, à subir l'agression permanente du chant assourdissant des cigales et de la morsure du soleil. Johar avait invité deux couples d'amis accompagnés de leurs enfants, et, sitôt passé la fierté de leur faire visiter l'immense maison perchée au-dessus de la Méditerranée, Rémi avait compris qu'il allait passer un séjour pénible. Il s'étonnait chaque jour de voir les autres apprécier, apparemment, ces déjeuners qui n'en finissaient pas, ces après-midi où, encore poisseux de sel et de sable, on s'endormait à moitié sous la tonnelle dont les canisses peinaient à filtrer les rayons du soleil. La monotonie des journées où l'on ne faisait rien d'autre que de nager et manger lui était insupportable. Il avait joué son rôle de gai luron, puisque c'était ce que tous attendaient de lui, mais cette mascarade l'avait épuisé.

Après le départ de leurs hôtes, il avait passé la dernière semaine à ne faire que dormir pour s'en remettre. Cela lui avait permis au passage de limiter les moments en tête à tête avec Johar. Leurs rares discussions avaient été suffisamment laborieuses. La présence envahissante de la progéniture de leurs amis au début des vacances les avait fatalement amenés à évoquer le sujet des enfants. Mais même ce sujet-là n'avait plus le piquant d'autrefois. Quand ils avaient fait mine de se disputer au sujet des enfants, ceux qu'ils n'avaient pas et qu'ils n'auraient jamais, ce n'était, finalement, qu'une triste comédie. C'était un sujet dont ils parlaient maintenant au passé.

Au moins, entre les interminables bains de mer de Johar et ses coups de fil professionnels quotidiens, il avait eu la possibilité, pendant cette dernière semaine, de s'isoler pour appeler Manon. La fraîcheur de la voix de Manon lui avait fait le même effet qu'une gorgée d'eau à un homme perdu dans le désert. Manon savait s'adresser à lui autrement que par des sarcasmes ou par des ordres. Elle savait lui raconter de petites anecdotes du quotidien qui l'émouvaient ou le faisaient rire. Elle savait l'écouter.

Rémi voit Étienne se tourner vers lui et le dévisager d'un air songeur, comme s'il hésitait à lui demander quelque chose. Rémi espère qu'il lui est reconnaissant de l'organisation du dîner de ce soir. Il a eu du mal à convaincre Johar. Mais Étienne en avait absolument besoin, et Rémi lui est redevable d'avoir servi d'alibi pendant toutes ses échappées auprès de Manon.

« Tiens, donne-moi une cigarette finalement. Ça ne me réussit pas de jouer les mecs parfaits. Et puis il faut que j'en profite tant que je n'ai pas de gosses.

— Alors tu envisages sérieusement d'avoir un enfant avec Claudia ?

— Oui... Il paraît qu'il faut se ranger un jour, non ? »

Rémi parvient à feindre un petit rire. L'idée qu'Étienne puisse avoir un enfant, et pas lui, lui est en réalité terriblement douloureuse.

« On était loin d'imaginer, dans notre folle jeunesse, en être là à quarante balais, non ? »

Rémi se demande comment il doit comprendre la question d'Étienne. Il cherche à savoir ce qui défie le plus l'imagination de son ami : sa propre ascension depuis le milieu de petits commerçants rémois, où il a grandi, vers les sommets parisiens du monde des affaires qu'il côtoie maintenant grâce à Johar, ou bien la trajectoire d'Étienne, sans doute moins fulgurante que celle qu'il croyait lui être due. À moins que ce ne soit à leurs vies sentimentales décousues qu'Étienne fasse allusion – Rémi n'y voit, lui, qu'une grande banalité.

« Je ne sais pas. Je n'imaginais pas grand-chose à l'époque de notre jeunesse, qui n'était pas si folle que ça, pour ce que je me rappelle. Je ne me doutais pas que la vie serait faite de tant de compromis, sans doute. »

Étienne ne l'écoute pas. Il aspire nerveusement la fumée de sa cigarette, jette un coup d'œil à son téléphone.

« Je dois aller passer un coup de fil. »

Puis il ajoute, semblant avoir un scrupule à quitter si brusquement son ami :

« Ça ne va pas être facile pour toi. Devenir le mari de la patronne. Tu as encaissé le coup avec le sourire, je n'aurais pas pu, à ta place. Heureusement que tu as ta petite Manon pour te changer les idées. »

Rémi hausse les épaules. Il n'a pas eu à feindre son enthousiasme. Il s'est suffisamment battu aux côtés de Johar, il a suffisamment cru en elle pour se réjouir sincèrement de sa nomination. Il en ressent un certain soulagement aussi. Il a soutenu Johar sans faillir – même s'il sait bien que, depuis plusieurs années, elle n'a plus besoin de lui. Il l'a accompagnée jusqu'à son but, malgré le fossé qui s'est creusé entre eux avec le temps. Il est allé au bout. Il est libre, maintenant.

14

Claudia n'a pas entendu Johar entrer dans la cuisine. Perchée sur une chaise, elle fouille dans un meuble suspendu, à la recherche d'un plat assez grand pour contenir la montagne de curry qu'elle a préparée. Elle attrape une jatte mouchetée de vert, redescend en s'agrippant d'une main au placard.

Johar attend qu'elle ait atteint la terre ferme et que la vaisselle soit en sécurité sur le plan de travail avant de signaler sa présence.

« Tu joues aux équilibristes. Ce n'est pas très prudent. »

Claudia sursaute. Un instant, elle se demande s'il y a un message caché derrière les mots de Johar – aurait-elle, finalement, remarqué quelque chose ?

« Excuse-moi, je t'ai fait peur – je ne voulais pas te déranger. Est-ce que je peux te prendre un verre d'eau, Claudia ?

— Oui, bien sûr.

— Merci. »

Johar avale l'eau glacée d'un trait. Elle a bu trop vite, en ressent une vague nausée. Les murs de la cuisine tanguent autour d'elle. Les lignes droites du carrelage en damier se déforment dangereusement.

« Je peux m'asseoir avec toi une minute ?

— Bien sûr. C'est déjà prêt. Le plat que j'avais choisi est trop petit, et comme je n'ai pas l'habitude des grandes tablées ici…

— Ne t'inquiète pas, prends ton temps. Regarde, ils discutent sur le balcon, comme deux vieux copains contents de se retrouver. Et moi, je suis bien ici. Ça me rappelle la cuisine de ma mère. »

Johar entend ces mots lui échapper avec surprise. Depuis des années, elle fuit la cuisine de sa mère. Lors de l'invitation à déjeuner à Noisy-le-Sec que Rémi et elle acceptent à contrecœur une fois par an – le rythme minimum pour éviter une crise de colère de la part de ses parents –, elle s'assure toujours d'arriver suffisamment en retard pour ne pas avoir à y mettre les pieds.

« C'est vrai ? Quelle chance tu as d'avoir une mère qui t'a transmis le goût de la cuisine. La mienne n'a jamais eu de temps pour ça. Elle n'a jamais eu de temps pour grand-chose en ce qui concerne ses enfants, à vrai dire. »

Ma mère n'avait pas non plus de temps pour les enfants, se dit Johar ; *il ne s'agissait que d'assouvir l'appétit monstrueux des hommes.* Au moment où cette pensée se forme dans son esprit, lui reviennent des souvenirs profondément enfouis, des souvenirs de vacances, datant d'avant l'époque où la vision de sa mère en cuisine avait commencé à susciter sa fureur.

Elle se remémore sa fatigue d'enfant, lors de ces petits matins à Tunis où, le corps encore lourd et la bouche pâteuse de la nuit, elle traversait la chambre aux volets fermés en essayant de ne pas piétiner les corps de ses cousins étendus sur les matelas qui occupaient toute la pièce. Elle se glissait vers la cuisine où chuchotaient sa mère et sa tante. Accroupies sur des tabourets très bas, les sœurs malaxaient ensemble la semoule couleur de beurre. Johar enfouissait sa tête ébouriffée dans le giron de sa mère pour protéger ses yeux endormis de la lumière déjà forte du soleil. Elle se laissait bercer par la mélodie mystérieuse des mots murmurés en arabe. Lorsque la faim se faisait sentir, elle attrapait un morceau du pain à la mie trop dense et à la croûte trop sèche, le pain que ses parents reproduiraient pendant plusieurs années dans leur boulangerie de Noisy avant de parvenir à maîtriser l'art de la baguette à la française. Elle mâchonnait son pain en silence. Les heures passaient, la touffeur du mois d'août envahissait progressivement la pièce pendant que les gestes se succédaient avec une rigueur implacable. On allumait sur l'étroit balcon le kanoun, où l'on mettait à griller sur les braises les poivrons et les tomates que sa tante retournait ensuite régulièrement d'un quart de tour, se brûlant systématiquement les doigts au passage, sans que l'idée d'utiliser une pince semble lui effleurer l'esprit. Les cousins qui s'étaient réveillés entre-temps appelaient Johar pour descendre jouer sur la dalle, mais souvent elle préférait continuer à regarder le spectacle qui se jouait à hauteur de ses yeux, les lames qui épluchaient, émincaient, ciselaient, les mains qui pétrissaient, la batterie en fer-blanc dont la vibration s'amplifiait sur la gazinière. Elle écoutait le frémissement de l'huile dans les poêles, le tremblement du couscoussier.

La suite, Johar est incapable de la revoir avec ses yeux d'enfant. Elle ne lui apparaît qu'à la lumière accusatrice de son regard d'adulte. Les hommes – ses oncles, les aînés de ses cousins, et souvent des invités dont elle ne savait pas précisément situer la place dans la famille – attendaient, tranquillement attablés, le défilé des plats. À la fin du repas seulement, les femmes et les enfants, en cercle sur les petits tabourets ou accroupis directement au sol, se partageaient en vitesse les restes tièdes. Ils saisissaient à pleines mains les fritures devenues molles. Ils trituraient la semoule, que la sauce avait figée en boules compactes, à la recherche d'un morceau de viande oublié. Puis, sa mère préparait le thé. Elle faisait bouillir les feuilles, jetait les premières eaux, trop amères, et goûtait à plusieurs reprises afin d'être certaine d'avoir ajouté la quantité parfaitement écœurante de sucre qu'attendaient les mâles. Pendant ce temps, sa tante remplissait trois grandes bassines de fer-blanc d'eau chaude additionnée de lessive en poudre, et commençait à y mettre la vaisselle à tremper. Les hommes, repus de gras, d'épices et de sucre, commençaient à faire la sieste, tandis que les femmes et les aînées s'affairaient encore jusqu'en milieu d'après-midi, jusqu'à l'heure où la ville, le pays entier, se figeait dans une gelée de sommeil et de chaleur.

À l'adolescence, ce rituel avait fait hurler de rage Johar contre sa mère. Plus que l'original tunisien, c'était sa réplique noiséenne qui la rendait folle.

« Là-bas ils n'ont jamais connu que ça, alors d'accord, tu ne veux pas leur faire de peine, mais ici ? Tu ne crois pas qu'il pourrait te donner un coup de main, lui, et inviter sa femme à table quand il reçoit ses amis ? Ta sœur, elle ne bosse pas. Si ça l'amuse de se réveiller au chant du coq pour préparer un couscous pendant six heures, ce n'est pas mon problème, mais toi tu es debout six jours sur sept dès l'aube pour travailler à la boulangerie, comme lui ! Repose-toi le septième ! »

La première fois que Rémi était venu manger chez ses parents, Johar avait menacé de quitter immédiatement l'appartement si sa mère ne s'asseyait pas à table avec eux. Pendant le repas qui leur avait paru interminable à toutes deux, quoique pour des raisons différentes, Johar avait fixé sa mère de ses yeux furieux, comme pour la clouer à sa chaise par la force de son regard et l'empêcher de retourner en cuisine. Par la suite, sa mère s'était pliée à cette exigence, qui était pour elle un supplice, lors des visites de sa fille. Mais Johar savait qu'au quotidien elle était toujours la même.

Pendant longtemps, sa colère quant à la soumission de sa mère avait alimenté sa rage de réussir. Elle s'était juré de ne jamais cuisiner. Elle veillait scrupuleusement à une répartition parfaitement équilibrée des tâches quotidiennes entre Rémi et elle. Surtout, elle avait décidé qu'elle deviendrait le type de femme que l'on n'imagine pas reléguée en cuisine. Elle deviendrait une tout autre femme que sa mère. Puis, un jour que Johar n'aurait su dater précisément, la colère envers sa mère s'était tarie, faisant place à une indifférence sèche.

Johar regarde le dos de Claudia se crisper lorsqu'elle soulève du feu la lourde cocotte pour la poser sur le plan de travail, elle suit le mouvement du bras qui mélange la sauce avant de transvaser de grandes louches de curry vers la jatte, captivée par ces gestes qu'elle s'est interdits depuis l'adolescence.

Claudia lève la tête pour lui faire signe que tout est prêt. Johar se sent un peu mieux. Le carrelage a retrouvé ses parallèles et ses angles droits, la brume opaque qui l'entourait commence à se dissiper. Et pourtant elle n'a aucune envie de s'arracher à la tiédeur épicée de la cuisine pour retourner vers la comédie grotesque qui se joue dans le salon. Elle voudrait se laisser bercer, encore un moment, par le souvenir de la mélodie des voix et du rythme des mouvements des femmes qui l'ont élevée. Elle réalise avec stupeur que ce dont elle a envie, en cet instant, c'est de sentir contre ses tempes la caresse des doigts de sa mère, à la pulpe toujours douce d'avoir baigné dans l'huile d'olive. Johar la femme forte, Johar la guerrière, qui d'un appel à son patron ce soir s'apprête à remporter une éclatante victoire, s'aperçoit qu'elle brûle d'assouvir un besoin de tendresse maternelle qu'elle croyait totalement éteint. Elle a l'impression de découvrir une plaie béante, dont la douleur s'était tue, mais qui était là, bien présente, cachée depuis des années au creux de son corps, et que seuls les soins prodigués par sa mère pourraient refermer. Elle regarde Claudia, imagine un instant que la jeune femme va attraper dans le plat le morceau de viande le plus tendre et le lui glisser dans la bouche en secret, comme sa mère le faisait autrefois.

« Est-ce que je peux te laisser apporter le riz, Johar ? » Claudia a décoré le riz de quelques pincées de safran. Dans la traînée rouge que forment les stigmates sur le cône blanc, Johar croit reconnaître le dessin d'une fêlure.

15

« Alors, Johar, est-ce qu'il faut qu'on prépare des anecdotes pour tous les journalistes qui vont nous appeler avant de faire un portrait de toi ?

— Oui… peut-être ! Ça intéresse toujours plus les lecteurs de la prétendue presse économique que la stratégie ou les résultats de la boîte.

— Heureusement que Rémi me racontait tout, du moins avant que ta politique de censure ne devienne efficace. »

Johar sourit. Elle n'a pas besoin de pratiquer de censure. Avec le temps, elle a réussi à devenir une personnalité parfaitement lisse, sans aucune aspérité.

Rémi avale une bouchée de curry.

« Hmmm, c'est délicieux, Claudia… Non, je ne crois pas t'avoir tout raconté, Étienne. Il y avait déjà une omerta joharienne, dès les premières années. Par exemple, est-ce que tu sais comment s'est terminé le tout premier entretien de recrutement chez Oryx ?

— Avec Denis ? Le Denis du livre ? »

Denis G. avait offert à Johar *L'Art de la guerre* le jour de sa prise de poste. Il conservait une petite pile de l'antique ouvrage dans son bureau et s'enorgueillissait de faire de toutes ses jeunes recrues des lecteurs éclairés du traité militaire.

« Oui, jolie mémoire, Étienne, le Denis du livre. Livre qui doit traîner chez nous quelque part d'ailleurs, bien propre, sans une page cornée. Tu pourras commencer par raconter aux journalistes que Johar ne l'a jamais ouvert…

— Denis n'en dormirait pas de la nuit, rit Johar.

— Oui, mais ça rendrait sûrement service à ce pauvre garçon de lui apprendre que les développeurs acnéiques à qui il refile son bouquin s'intéressent à peu près autant aux stratégies martiales qu'à la flore du Kamtchatka…

— Ce n'est pas complètement mon cas, tu l'admettras, Rémi. D'abord, j'ai toujours eu une peau superbe. Ensuite, il m'a fallu un peu de stratégie pour en arriver là. C'est juste que je manquais de temps pour lire… »

Elle travaillait alors comme une démente. Elle passait ses journées à vérifier les lignes de code, s'endormait le soir sur les présentations pour les clients, mettait son réveil aux aurores pour recompter les heures que ses équipes facturaient.

« En tout cas, si j'en reviens à ce premier entretien, avec Denis…

— Qui n'avait accepté de me recevoir que parce que l'idée que Johar était un prénom féminin ne lui avait pas traversé l'esprit…

— Johar l'avait totalement retourné pendant le rendez-vous, comme elle sait si bien faire. Elle l'avait convaincu qu'elle savait programmer en douze langages. Elle lui avait raconté qu'elle manageait tous ses cousins depuis l'âge de quatre ans – on ne parlait pas encore de "management bienveillant", fort heureusement, elle a pu lui raconter qu'elle les mettait au pas à coups de taloche sans le décourager. Johar, la lionne, quitte l'entretien victorieuse : le fauve n'avait laissé aucune chance à sa proie. Au moment de partir, le type lui dit qu'il sort en même temps qu'elle, qu'il rentre déjeuner chez lui – oui, c'était l'époque où l'on ne se faisait pas virer si on rentrait manger un bon repas avec sa femme plutôt que d'avaler son sandwich en douze minutes. Ils sortent ensemble du bâtiment, ils marchent le long de la route sordide de Vitry-sur-Seine où cette obscure filiale avait ses bureaux. Et Denis voit Johar s'approcher de la vieille Peugeot 205 marron où je l'attendais. Johar repère une ombre dans les yeux du gars, et elle s'éloigne aussitôt. Il lui demande ce qu'elle faisait et elle répond du tac au tac : "Je surveille ce que fait le type louche au volant de sa poubelle." Elle a ensuite commandé un taxi et s'est fait déposer à la station de RER la plus proche, pendant que je continuais de l'attendre comme un imbécile. »

Étienne éclate de rire. Il se souvient parfaitement de l'affreuse Peugeot 205 que conduisait Rémi à vingt-cinq ans. La plaisanterie entre eux était de dire qu'elle tenait sa couleur de vase du fond de la Seine, d'où elle venait d'être repêchée.

« C'est vrai, tu m'accompagnais à tous mes rendez-vous importants… J'avais senti que Denis ne ferait jamais confiance à quelqu'un qui roulerait dans un tas de ferraille pareil. »

Rémi recueille précieusement la goutte de nostalgie qu'il a décelée dans la voix de Johar. Le souvenir de leurs premières années l'émeut donc, elle aussi. Lui a soigneusement consigné dans sa mémoire ces histoires de virées en voiture qui s'achevaient sur le bas-côté d'une route de campagne à attendre l'arrivée d'une dépanneuse, la tête dans les mauvaises herbes, de randonnées en montagne qu'ils terminaient de nuit et en courant, parce que aucun d'eux ne savait lire une carte topographique. Il conserve, bien ordonnées dans son cerveau, les photos des fous rires de Johar lorsqu'il rentrait à la maison affublé des perruques les plus extravagantes des coiffeurs afro du boulevard de Strasbourg, par lequel il aimait faire un petit détour avant de rentrer rue Cail, quand il savait qu'il la retrouverait pétrie du stress de ses prochaines échéances professionnelles. Il consulte encore parfois cet album photo intime avec mélancolie. Mais, avec les années, les clichés s'y sont faits plus flous, plus rares, jusqu'à laisser totalement vierges les pages de la période récente. Johar n'a plus besoin des perruques. Johar n'a plus peur. Elle est devenue une machine, elle maîtrise l'art de la guerre. Rémi se demande si elle sait seulement pour quoi elle se bat.

Il savoure la cuisson parfaite du riz safrané, la suavité des raisins. Le plat a le goût de cannelle des hivers de son enfance. Rémi a besoin de sucre en ce moment. Son corps est en manque de sucre. Son corps est en manque du corps sucré de Manon.

Il n'a pas réussi à la voir cette semaine, ni le week-end dernier. Rémi fait le compte. S'il met de côté les réunions de préparation de rentrée avec toute l'équipe enseignante, il n'a vu Manon que trois fois depuis son retour de Grèce. Cela ne lui suffit pas. Cela ne lui suffit plus. Il se remémore les premiers moments de leur histoire, à l'automne dernier, lorsqu'il pensait être le maître de ce jeu de cache-cache à trois : lui, Johar, et cette jeune prof de physique, nouvellement arrivée dans le club fermé des classes préparatoires du lycée, terriblement attirante avec ses taches de rousseur et ses yeux de biche. Manon était intimidée par les enjeux de ce premier poste, par les élèves à peine plus jeunes qu'elle et par la pression du taux de réussite au concours ; elle buvait avec avidité les conseils de Rémi, et il s'était aperçu avec étonnement qu'il avait encore un pouvoir de séduction. Elle se confiait à lui, elle l'appelait quand elle était perdue. Il avait été surpris de lire une pointe d'admiration dans ses yeux quand elle le regardait intervenir devant les autres profs. Cette résurgence d'un pouvoir d'attraction qu'il croyait disparu l'avait grisé, lui avait donné une confiance déraisonnable. Il avait reconnu l'étincelle du désir quand elle s'était allumée chez Manon, et il s'était dit qu'il pouvait jouer avec, qu'il ne risquait pas de se brûler. Lorsqu'elle l'avait invité à venir prendre un café chez elle, un après-midi où ni l'un ni l'autre ne donnait de cours, il avait songé avec détachement : « Je vais tromper Johar. »

Non seulement il n'avait pas ressenti de gêne envers sa femme, mais il en avait éprouvé une certaine fierté. Manon était célibataire. C'était lui qui allait devoir s'organiser, ce serait comme dans les films, il jouerait le rôle de l'homme marié à la double vie, de l'amant habile et calculateur. Ce serait à lui de donner le tempo de leur liaison, Manon devrait s'adapter, lui avait une femme, et pas n'importe laquelle, une femme puissante à qui il fallait absolument cacher cette histoire. Il avait redécouvert avec bonheur l'ivresse du sexe avec Manon, il programmait joyeusement les après-midi passés dans la moiteur de son lit et contre la chaleur de son corps. Mais cette belle distance fantasmée n'avait duré qu'un temps. Rémi s'était vite rendu compte qu'il était assoiffé d'amour. Le sevrage que lui avait infligé Johar avait été terrible, la rechute était vertigineuse. Le monde entier lui apparaissait désormais piqueté des taches de rousseur de Manon, il pensait à elle nuit et jour, il avait envie de l'étreindre au milieu de la salle des profs. Il avait aussi découvert qu'il suscitait lui-même des sentiments forts chez Manon. Elle avait besoin de partager avec lui la découverte d'un film ou d'un morceau de musique, de lui exprimer sa colère devant les évènements de l'actualité ou son émerveillement devant la beauté de la ville où elle vivait depuis quelques mois seulement. Elle devait parfois réprimer des envies de l'appeler pendant les moments de la journée où il le lui avait interdit, et elle semblait en souffrir sincèrement. Elle le forçait à sortir de l'ironie acerbe qui était devenue sa manière de commenter le monde pour tenter de comprendre ce qu'il pensait de leur mission d'enseignants et plus largement de leur rôle dans cette société, où elle se sentait à la fois si à l'aise au quotidien et si totalement perdue, au fond. Elle semblait partager la peine de Rémi lorsqu'elle abordait avec tact mais détermination le sujet qui était devenu le grand tabou de sa vie, l'absence d'enfant. Il n'avait pas osé formuler le projet de vivre avec elle, et pourtant l'idée d'une vie sans elle lui apparaissait aujourd'hui d'une absurdité totale.

« C'est une merveille, ce curry, Claudia, murmure Rémi, les papilles encore saturées de la douceur de la peau de Manon.

— C'est vrai ? Merci. J'avais peur que ce ne soit pas vraiment de saison, mais si cela vous plaît, tant mieux. Oh non… mince, j'ai oublié les amandes grillées…

— Ce n'est pas grave, Claudia, coupe Étienne.

— Elles sont prêtes, je les avais laissées dans une coupelle à part, au cas où vous n'aimeriez pas… Je vais les chercher tout de suite. »

Claudia sent le regard contrarié d'Étienne qui la suit. Elle traverse le salon, relève machinalement la veste de Rémi qui a glissé du fauteuil où il l'avait posée. Un téléphone s'échappe de la poche et roule sur un coussin. Au moment où Claudia s'agenouille pour le remettre en place, un bandeau vert se met à clignoter sous ses yeux.

De : Manon

« Tu me fais chavirer. »

Tout à coup, Claudia sent la grande main d'Étienne exercer sur son épaule une pression agacée. Il approche la bouche de son oreille et lui murmure, d'une voix dont la rage contenue la fait frissonner :

« Qu'est-ce que tu fais, Claudia ? Reste à table avec nous, s'il te plaît. On s'en fout, de tes amandes. »

16

Étienne regarde Claudia retourner à table avec la mine triste d'un chien qui vient d'être battu par son maître. Debout au centre du salon, il tente de se calmer, respire doucement. Il sait combien il est injuste de faire subir à cette pauvre fille toute la violence de son angoisse, et pourtant il ne peut s'empêcher de lire dans l'arc mélancolique des yeux de Claudia une invitation à y essuyer la rage boueuse qui le submerge. Cette soirée le rend fou. Johar le rend fou. Johar, qui fanfaronne vulgairement devant eux. Johar, qui s'amuse avec Rémi à raconter des souvenirs de jeunesse dont tout le monde se moque plutôt que de lui répondre enfin au sujet du mandat.

Dans l'immeuble qui lui fait face, de l'autre côté du boulevard, deux fenêtres qui s'ouvraient sur des pièces joyeusement éclairées sont brutalement plongées dans l'obscurité, deux paupières grises venant masquer à sa vue les pupilles dorées de cet appartement parisien. Étienne, à son tour, ferme les yeux. Il pose la main sur le dossier du fauteuil où Rémi a laissé sa veste, cherche à garder son équilibre.

Dans la poche de son jean, son téléphone émet un petit bip aguicheur. Étienne lance « J'apporte les amandes, Claudia » en direction de la salle à manger et se réfugie derrière la verrière de la cuisine pour lire le message qu'il vient de recevoir. C'est Alexandra qui lui répond. À défaut d'avoir réussi à saisir Johar en tête à tête avant de passer à table, Étienne, se souvenant que l'information est la clé du pouvoir, avait décidé de partager le scoop relatif à la promotion de Johar avec Alexandra, la patronne de son cabinet d'avocats. À 21 h 45, il lui avait écrit :

« Info du jour et de première main – sous embargo : Johar Léger va être nommée directrice générale d'Oryx. »

Il est 22 h 10. Alexandra vient de lui répondre :

« ÉNORME INFO. BRAVO »

Un gémissement de soulagement lui échappe. Son pouce et son majeur droit pressent ses globes oculaires comme pour les rapprocher l'un de l'autre. Il ne va quand même pas se mettre à chialer comme un gosse parce que Alexandra lui a donné un bon point. Derrière les trois mots en lettres capitales, il entend l'exaspérante voix nasillarde d'Alexandra, il voit resplendir la blancheur de son sourire, digne d'une publicité pour dentifrice. Elle doit être chez elle en ce moment, en train de boire un verre de chardonnay, confortablement installée sur la terrasse de son penthouse de la banlieue ouest, ses petites fesses musclées moulées dans le jean blanc qu'elle portait ce matin, pendant que lui, Étienne, s'humilie à tenter de séduire la femme de son ami. Il se demande si dans l'intimité de son foyer, le brushing d'Alexandra forme toujours ce triangle impeccable qui lui rappelle immanquablement la coiffe du Sphinx.

Le téléphone le prévient qu'elle est de nouveau en train de composer un message. Il lui semble que son cœur bat à l'unisson du tapotement des doigts aux ongles rouges d'Alexandra sur son téléphone. Après un temps qui lui semble infiniment long, il est tiré de son attente par un nouveau bip salvateur.

De : Alexandra

« Je viens de reboucler avec Grégoire, qui a eu cet après-midi un échange avec le fonds W. Ils ne sont pas complètement convaincus par le projet de fusion entre Oryx et Neria que défend Carl. Le conseil d'administration a mis comme condition à son accord le fait que Carl prépare sa succession. Grégoire savait qu'ils exigeaient une femme, mais il ne savait pas laquelle. On dirait que ta Johar représente pour Carl l'unique chance d'être suivi par le board dans sa grande opération. »

Étienne relit le message plusieurs fois. C'est Alexandra qui lui écrit, mais derrière elle, il y a la patte de Grégoire, son chef à elle, le père fondateur, le parrain. Il lève les yeux. À travers la verrière, par-delà le salon, il observe Johar assise à table, son visage qui brille sous l'effet de l'ivresse ou de la chaleur, sa poitrine projetée devant elle tel un bouclier protecteur. Johar luit de plaisir, sa fierté sature l'atmosphère de la pièce, alors même qu'elle n'a pas encore conscience de toute l'étendue de son pouvoir. L'idée que cette femme, qu'il n'avait accepté de faire entrer dans son cercle si privé que par amitié pour Rémi, et peut-être, à la rigueur, par goût de l'exotisme, concentre entre ses petites mains potelées l'avenir d'une entreprise de la taille d'Oryx, lui donne la nausée. Il est incapable de comprendre pourquoi elle a droit à tout ce pouvoir alors que lui-même doit se contenter des sucres que daigne lui jeter Alexandra. Il a bien suivi, lui aussi, un parcours exemplaire. Il a comme elle passé des nuits blanches au bureau, à guetter une lueur de compassion dans le regard vide des agents de ménage. Il pense à son père qui l'a poussé à devenir avocat comme lui, il ricane en se représentant la morgue du vieil homme, toujours rasé de près, élégant dans ses costumes anthracite. Il la comprend, sa vie, maintenant, les déguisements n'y changent rien : son père, tout comme lui, se prostituait le jour pour trouver des clients, puis se faisait violenter par eux jusqu'au bout de la nuit. Il s'est stupidement laissé entraîner sur les pas du vieux dans le grand bordel des affaires.

« C'était foutu dès ma naissance pour la gloire professionnelle, de toute façon, se dit rageusement Étienne : je ne suis pas une femme et je ne suis pas arabe. »

Le troisième bip du téléphone le fait sursauter. Alexandra, encore. Dans la petite bulle qui s'affiche sur son écran, les lettres dansent en une ronde maléfique :

« Puisque tu es un intime de Johar Léger, j'imagine que tu as dealé avec elle pour qu'on soit conseil d'Oryx pour la fusion. Grégoire et moi comptons sur toi. »

Étienne range le téléphone dans sa poche, dans l'espoir de le faire taire. Il se demande où Claudia a bien pu laisser ses stupides amandes.

Il se répète que l'information est la clé du pouvoir. Johar ignore pour le moment qu'elle représente pour Carl l'unique chance de faire aboutir le projet de fusion. En cela, Étienne a un avantage sur elle. La question pour lui, désormais, est de savoir comment l'utiliser.

17

Johar saisit un raisin sec oublié dans son assiette et croque le grain moelleux. Elle lèche son pouce, s'aperçoit qu'elle a mangé avec les doigts, rit doucement. Personne ne semble s'en offusquer. Elle hésite à manger de la même manière un brin de coriandre, résiste. À côté d'elle, Rémi sauce son assiette, y dessinant soigneusement une spirale orangée. L'incorrigible franchouillard, se dit Johar, qui accompagne tout de pain, même un plat de riz. Mais elle a presque envie de l'imiter, tant est présent le plaisir qu'elle a pris à savourer la cuisine de Claudia, tant elle s'est délectée de la puissance du curry, de la fraîcheur des herbes et du sucre des fruits.

« Tu te souviens de l'été où nous avions prévu de rouler jusqu'à Tarifa, Johar, et où la voiture a rendu l'âme près de Vierzon ? » Rémi s'est tourné vers elle, le coude posé sur la table, son morceau de baguette imbibé de sauce à la main, suspendu à sa réponse. Johar se sent un peu lasse, elle voudrait mettre fin à l'évocation de ces anecdotes de jeunesse, mais soudain l'image s'impose à elle, cliché un peu flou, saturé de lumière, le rêve d'une plage d'Espagne balayée par le vent et la déception noyée dans une bière tiède au bord d'une nationale. Elle opine, laisse Rémi poursuivre. Il mâche lentement sa dernière bouchée. Johar l'écoute faire renaître les soirées où ils s'étaient découverts pareillement insatiables d'alcool et de fête, grisés par l'excitation des premiers succès de Johar, les virées à la campagne dans la Peugeot 205, les nuits passées à dessiner un avenir auquel ne ressemble nullement leur quotidien d'aujourd'hui. Ils étaient si juvéniles, si bruts encore, si émouvants dans leur soif de vivre intensément que, même si elle sait que les mots ne sont pas grand-chose face à des années d'indifférence, elle accueille avec une curiosité mêlée de gratitude ce sentiment de nostalgie qu'elle a, toute sa vie, rejeté avec dédain.

Elle s'autorise, pour quelques minutes supplémentaires, à oublier l'appel qu'elle doit passer à Carl, la grande décision et la gloire à venir.

Rémi cherche à croiser son regard mais Johar détourne le visage vers la fenêtre. Elle s'imprègne du bleu noir du ciel. Là, tapie au plus profond d'elle, au creux de ses entrailles, sous les nappes de curry, sous son armure de guerrière, il doit rester encore un peu d'elle, il doit subsister une part de celle qui rêvait de la liberté d'une chouette se laissant balancer sur une branche au gré du vent.

Johar attrape la tige de coriandre perdue dans son assiette. En croquant les feuilles dentelées, elle savoure le goût anisé de ce dernier moment volé.

18

Dans l'assiette de Claudia, les restes, froids désormais, commencent à figer, les petits terrils de riz menaçant de s'effondrer sous le poids de la garniture devenue compacte. Elle ne parvient à saisir la conversation de Johar et de Rémi que par bribes. Elle ne peut s'empêcher de dévisager Rémi. Son regard s'infiltre dans les petits plis au coin de ses yeux, il glisse sur la surface luisante de sauce de ses lèvres. *Tu me fais chavirer*, se répète-t-elle, et elle voudrait mépriser ces traits épais, ce corps ingrat. Elle se force à voir Rémi comme elle l'a toujours imaginé, un ami d'Étienne à la fadeur rassurante et à la bonhomie sympathique. Mais maintenant se superpose à cette image celle d'un homme capable de faire chavirer la dénommée Manon. Qui peut-elle bien être ? se demande Claudia. Elle se remémore la soirée dans le bar parisien où Johar et Rémi l'avaient, chacun à sa manière, si superbement ignorée, elle cherche à en faire ressurgir les traits d'une femme qui pourrait être Manon. Claudia revoit une chevelure rousse flamboyer sous l'éclairage vif du bar, elle croit se souvenir d'une robe verte qui ondulait au son de la musique. *C'est absurde*, se dit Claudia, *pourquoi Manon aurait-elle participé à cette fête en particulier, et comment pourrais-je l'avoir repérée ?* Et puis, peut-être n'est-elle pas une amie, plutôt une collègue, une voisine, une élève. Elle se convainc soudain de sa dernière hypothèse, et l'image du morne professeur qui peine à sortir ses élèves de l'ennui cède la place à celle d'un séduisant orateur, que de jeunes étudiantes fascinées se pressent pour approcher à la fin des cours. Claudia voudrait imaginer Manon laide, elle voudrait l'imaginer froide, et pourtant la jeune femme qui s'est invitée dans ses pensées rayonne de fraîcheur et de son désir pour Rémi. Claudia voudrait se convaincre que Rémi n'est capable de faire chavirer personne, mais elle ne peut s'empêcher d'entendre résonner avec une jalousie douloureuse la petite musique des quatre mots lus sur son téléphone.

Son regard parcourt l'appartement à la recherche d'Étienne, s'arrête sur la silhouette qui semble s'être perdue dans les tréfonds de la cuisine. Elle observe les angles parfaits de son profil à peine caché par ses mèches folles, le galbe de son buste. Étienne a une allure d'acteur. Il a cette beauté tragique des stars mortes trop jeunes. Il est séduisant comme ces garçons dont on tombe éperdument amoureuse à l'adolescence, ceux qu'on regarde jouer au foot dans la cour du collège, tremblante de désir et de frustration à la vue d'un maillot trempé de sueur et d'un genou écorché. C'est Étienne qui devrait recevoir des messages de toutes les Manon qu'il fait chavirer, se dit Claudia, avant de penser : *Peut-être qu'il en reçoit, plus discrètement que Rémi.* Claudia n'est pas jalouse de ces possibles admiratrices d'Étienne, de ces amantes invisibles. Elle réalise avec une résignation triste que le charme d'Étienne n'opère plus sur elle. Pour la première fois, surprise elle-même de cette pensée, elle se dit : *Sa perfection glaciale, son charme de surface, je peux les laisser à d'autres.*

Celle dont est jalouse Claudia, c'est Manon. C'est cette Manon qui vit, palpite, aime. Claudia essaie de se convaincre que ce message lu par erreur témoigne d'une banale histoire de sexe, d'une aventure sans âme, mais les mots lui reviennent, cruels. *Tu me fais chavirer.* Claudia regarde les épaules de Rémi, toujours enroulées en avant, et elle imagine ces épaules s'enrouler autour de Manon, il la serre contre lui, il respire l'odeur de ses cheveux, elle blottit la tête contre son torse, elle ferme les yeux. Claudia pense à cette femme qui ne supporte pas l'idée que Rémi passe une soirée sans elle, qui éprouve le besoin impérieux de se manifester, quitte à lui faire prendre des risques.

« Étienne, qu'est-ce que tu fais ? s'écrie Rémi. Laisse tomber les amandes. De toute façon, il ne reste plus une bouchée de ce délicieux curry. »

Étienne les rejoint, le visage crispé, silencieux face à l'apostrophe joviale de Rémi, qui revient à la charge :

« Alors tu t'étais perdu, ou quoi ? Tu envoyais des messages en cachette depuis la cuisine ?

— Mais non. Rien. Je cherchais les amandes. »

Puis, pris d'un besoin irrépressible de déverser sa colère sur quelqu'un, Étienne ajoute : « Je ne fais pas comme Claudia qui se planque pour fouiller dans ton téléphone. »

Claudia sent une vague rouge inonder son buste, déferler sur son visage. Son regard s'enfonce vers les profondeurs de son assiette, elle voudrait enfouir sa face dans le curry, se noyer sous la surface visqueuse de la sauce. Elle balbutie quelques mots, secoue la tête comme pour chasser de tous les esprits l'idée absurde qu'elle ait pu faire une chose pareille. Elle devine les regards de Rémi et de Johar dirigés vers elle, dans un mélange d'incompréhension et de pitié. Elle ne sait pas ce dont elle a le plus honte, si c'est de s'être ainsi immiscée, sans le vouloir, dans la vie intime de Rémi ou de devoir subir publiquement l'agressivité d'Étienne.

Après un silence qui lui paraît interminable, Claudia entend Rémi balbutier, avec un rire forcé : « Eh bien, moi qui croyais pouvoir m'adonner librement à tous mes vices chez mon ami avocat, protégé par le secret professionnel… on n'est tranquille nulle part. »

Elle lève lentement les yeux, à la fois soulagée que son invité ait mis fin au silence qui menaçait de l'étouffer, et blessée qu'il ait choisi de rire plutôt que de prendre sa défense. Son regard glisse sur l'expression songeuse de Johar, de nouveau perdue dans ses pensées, il fuit l'aigreur nauséabonde que transpire encore Étienne, pour s'arrêter sur Rémi. Ce dernier, à travers le rictus comique figé sur son visage, lui décoche une flèche en forme de point d'interrogation.

19

Rémi observe les marques disparaître peu à peu de la gorge de Claudia. À la seconde où Étienne a fait allusion à ses supposées indiscrétions avec le téléphone de Rémi, le rouge a imbibé toute la surface du décolleté de la jeune femme. On aurait dit que sa peau, fine comme un morceau de papier, avait été trempée dans une bouteille d'encre écarlate. Maintenant la couleur se retire lentement, par plaques, laissant se dessiner dans le V que forme l'encolure de sa robe d'étranges formes géométriques. Rémi cherche à lire, dans ces hiéroglyphes, ce qui a pu à ce point embarrasser son hôtesse.

Il brûle d'envie d'aller regarder son téléphone, de découvrir ce qui a pu effaroucher à ce point Claudia. Mais il se retient, il ne veut pas prendre le risque d'éveiller les soupçons de Johar. Claudia vient de poser la main sur sa gorge comme pour masquer les preuves de son forfait. Un peu plus bas que cette main, sous l'étoffe sombre de la robe, Rémi devine deux petites buttes dures, qui lui évoquent davantage le torse d'un adolescent que celui d'une femme.

Il imagine les battements affolés de son cœur. Que fait une enfant apeurée qui a découvert un secret trop grand pour elle ? Elle se tait, se rassure Rémi.

À moins qu'elle ne panique. Claudia pourrait perdre le contrôle si cet imbécile d'Étienne continuait à la secouer comme ça, elle pourrait bien avoir envie de chercher refuge auprès de la présence rassurante d'une femme, et se confier à Johar. Impossible, se murmure Rémi, impossible, Claudia est incapable de prononcer deux phrases. Et pourtant, il joue la scène intérieurement. Il imagine des cris, des larmes, du Rimmel noir sur les joues pâles de Claudia, la bouche de Johar déformée par la colère, les articulations blanches de ses poings serrés, des mots prononcés avec cette voix d'homme qu'a Johar lorsqu'une rage froide l'habite : *traître, faible, pitoyable, lâche !* À cette idée, Rémi sent sa pomme d'Adam monter et descendre précipitamment. Il prend conscience qu'un sourire crispé lui contracte le visage. Vite, il passe à la scène suivante : chassé par la femme trompée, le mari retrouve sa maîtresse amoureuse. Des larmes, encore, des traînées grises qui salissent les jolies joues roses constellées de taches de rousseur de Manon, mais cette fois ce sont des larmes de joie. Cette fois, les mots pansent son âme meurtrie : *réunis, ensemble, s'aimer au grand jour.*

J'approche peut-être d'un point charnière de ma vie, et je n'arrive pas à me le représenter autrement que sous la forme d'une mauvaise série des années 80, se dit Rémi. L'autodérision ne parvient pas à masquer la question plus grave qui se pose : n'a-t-il pas envie que cette bascule se produise, aujourd'hui ? Peut-être attendait-il en fait que le hasard, ou le destin – quel que soit le nom du scénariste médiocre qui écrit sa vie –, donne à Claudia cette étrange impulsion d'aller fouiller dans son téléphone pour le libérer enfin des chaînes qui le relient à Johar ? Rémi caresse cette idée, la contemple sous différents angles, la faisant délicatement tourner entre ses mains, comme une figurine de cristal qu'il craindrait de briser.

L'apostrophe brusque d'Étienne le tire de sa rêverie : « Johar, tu as discuté de ton nouveau package de rémunération avec Carl, j'imagine ? »

Johar a un haussement d'épaules. Étienne ne se laisse pas décourager, il entreprend de comparer pour Johar les salaires de tous les patrons de grandes entreprises qu'il connaît.

Cela ne lui ressemble pas, de parler aussi directement d'argent, pense Rémi, *c'est trop vulgaire*. Habituellement, dans le monde d'Étienne, on ne nomme pas l'argent, même s'il est présent partout, même s'il se cache sous le tombé parfait d'une chemise, la silhouette féline d'une voiture, l'élégance veloutée d'un vin. C'est d'ailleurs Étienne qui a formé Rémi à l'art de suggérer sans dire, en matière d'argent. À l'époque, Rémi était un simple spectateur, lui-même n'avait pas les moyens de jouer. Il s'était demandé, parfois, pourquoi Étienne ne cantonnait pas leur amitié aux bancs de l'université ou aux cafés du Quartier latin, pourquoi il lui ouvrait la porte des clubs de sport privés et des soirées confidentielles. Puis Rémi avait compris que, pour jouir pleinement du luxe, il fallait un public. Le champagne qui coulait à flots ne pouvait mieux se refléter que dans les yeux naïfs de Rémi, la folie d'une virée improvisée à Marrakech ne pouvait mieux résonner qu'à ses oreilles crédules.

Plus tard, grâce à l'ascension spectaculaire de Johar, Rémi avait pu, à son tour, pénétrer dans ce monde. Les restaurants étoilés et les destinations lointaines avaient cessé d'être des fantasmes, il avait pu fouler les ruelles pavées de Capri avec l'aisance de celui qui s'y sent chez lui, s'était extasié en connaisseur devant la préparation parfaitement réussie d'un jus de viande à la table d'un chef de renom. Il s'était initié à l'art de choisir des cadeaux qui disent qui vous êtes plutôt que de chercher à faire plaisir à leur destinataire, offrant des truffes fraîches à des amis de retour d'un week-end dans le Périgord, promettant à d'autres de les ravitailler bientôt en poivre noir tout juste rapporté du Cambodge. Ses parents, ébahis, avaient pu, lors de leurs visites parisiennes, jouir du confort que leur offrait la chambre d'amis du spacieux appartement où leur fils et sa femme avaient emménagé.

Rémi songe qu'il ne restera plus rien de tout cela s'il se sépare de Johar. À l'idée qu'il puisse être chassé du jardin des fortunés, il est envahi par un sentiment de révolte. Pendant qu'Étienne continue d'étourdir Johar de chiffres vertigineux, Rémi se lance dans un exercice de calcul mental : il additionne son salaire à celui de Manon, soustrait le coût d'un loyer parisien, se désole devant la minceur du résultat. *Deux petits profs*, se dit Rémi, *nous aurions le train de vie de deux petits profs.*

Manon habite au sixième sans ascenseur dans un immeuble du Quartier latin. Depuis qu'il la connaît, Rémi adore échapper aux griffes des serveurs qui alpaguent infatigablement les touristes, se glisser dans la cage d'escalier trop sombre, grimper quatre à quatre les marches étroites, s'asseoir sur le canapé posé en équilibre sur le parquet de guingois. Il se sent jeune, il se sent libre, il a l'impression d'être un personnage de roman. Autour du lit où ils font l'amour en plein après-midi, les livres empilés par terre dessinent les remparts d'une forteresse. Et pourtant, en imaginant sa propre bibliothèque venir se joindre aux Lego de papier de Manon, son fatras venir encombrer son joli nid sous les toits, Rémi se demande s'il saurait encore apprécier la fraîcheur de l'antre de Manon. Il n'est pas certain de pouvoir, par amour pour elle, renoncer au confort.

Rémi se demande aussi, honteusement, si Manon serait toujours aussi heureuse de le voir s'il n'était plus capable de l'éblouir avec un bouquet trop large pour passer l'encadrement de la porte, s'il ne pouvait plus la faire rêver en lui parlant de toutes les villes qu'il a visitées et où il promet de l'emmener. Étienne le taquine souvent en lui demandant ce qu'une fille comme Manon peut bien lui trouver. Lui-même s'est convaincu que leur relation reposait sur les fondations solides de goûts et de désirs partagés. Mais il n'est pas certain, ce soir, d'avoir envie de vérifier son hypothèse.

20

Johar se lève, fait mine de saisir un plat vide pour l'apporter à la cuisine, puis cède à l'attraction du balcon qui surplombe la ville alanguie.

« Je vais fumer, lance-t-elle.

— Je t'accompagne », répond aussitôt Étienne.

Elle réprime un soupir.

Sitôt franchi le pas de la porte-fenêtre, Johar est saisie par la douceur de l'air du soir. La chaleur caniculaire de la fin août a enfin cessé ses assauts. Elle s'accoude à la rambarde, laisse sa tête se renverser en avant. Ses cheveux restent figés en un bloc mousseux, refusant de suivre le mouvement de son crâne. Elle passe une main à la base de sa crinière pour dégager sa nuque moite. Elle parcourt du regard la masse noire des grands platanes, leurs feuilles qui palpitent au rythme des tressautements de l'air. Elle imagine sa tête l'entraîner complètement en avant, elle se voit basculer dans le vide, partir dans un vol en piqué avant d'ouvrir ses ailes et de se laisser porter par les courants ascendants.

« J'attendais ce moment en tête à tête avec toi. »

Étienne a prononcé les mots d'un ton solennel, en en détachant clairement les syllabes. La rêverie de Johar s'écrase au sol. Elle lève les yeux vers son hôte.

« J'ai eu accès à une information très importante pour toi. Au sujet de Carl et de la fusion. Je ne crois pas qu'il t'ait tout dit. »

Il marque un silence théâtral.

« Je prends des risques en te disant ça, mais je le fais pour toi. Et je sais que tu sauras t'en souvenir le moment venu. »

Johar écoute Étienne lui révéler qu'elle est la condition *sine qua non* de la fusion entre Oryx et Neria dont rêve Carl. Il lui explique, les yeux fiévreux d'excitation, qu'elle tient un atout formidable entre ses mains, une carte qui ne demande qu'à être transformée en or.

« Je ne sais pas ce que tu as dit à Carl, et je ne veux pas me mêler de ta négociation financière, mais tu devrais jouer un peu avec lui. Lui faire croire que tu hésites, pour qu'il te lâche tout ce qu'il peut. Je sais bien que ce n'est pas ton genre, que tu es une femme droite et loyale, mais il y a quelques occasions dans la vie qu'il ne faut pas rater. »

Puis, posant sa main sur celle de Johar qui enserre toujours la rambarde de fer forgé, tiède d'avoir accumulé les rayons du soleil tout au long du jour :

« Et tu ne voles personne en faisant ça. On dit que les femmes ont du mal à mesurer leur valeur au travail. Toi, tu l'auras mérité, réellement. Tu ne peux pas prétendre à moins que tous les patrons dont je te parlais tout à l'heure. Tu ne te rends pas compte. Tu coches toutes les cases. »

Johar ferme les paupières, comme si cela pouvait faire taire Étienne. Bien sûr, c'est comme ça qu'il la voit : elle coche toutes les cases. Femme. Jeune. Issue des minorités visibles – surtout quand, comme ce soir, son brushing la trahit. Ingénieure. Montée par le rang. Étienne ne lui parle pas de son talent, de sa pugnacité, de sa vision de l'avenir. Il se rassure en ne voyant dans sa réussite que ce qui la sépare de lui.

Elle rouvre les yeux, se dégage de l'emprise d'Étienne, chasse de la main les moucherons imaginaires qui s'agitent devant elle. Étienne a terminé son monologue. Il la fixe intensément, suspendu à sa réaction. *Il vient de me mettre en cage*, pense Johar, *et il veut que je lui en sois reconnaissante*. Ainsi, le conseil d'administration l'a déjà choisie comme patronne. D'autres ont déjà décidé pour elle, sans qu'elle le sache. Elle ne s'appartient plus. Elle est une marionnette dont des hommes en costume sombre tirent les ficelles. Elle pense à Carl, à son admirable talent d'acteur, à sa capacité de feindre le détachement alors qu'il devait piaffer d'impatience intérieurement lors de leur déjeuner. Elle l'imagine en train de bouillir de rage en ce moment, derrière l'écran luisant de son téléphone. Il faut vraiment qu'elle l'appelle, maintenant.

Elle est surprise par la fébrilité d'Étienne, par la vitesse avec laquelle sa jolie aisance et son flegme l'ont déserté pour céder la place à un empressement paniqué. Elle en éprouve presque de la peine pour lui. Étienne lui fait l'effet des lieux de l'enfance que l'on revisite à l'âge adulte : il a rétréci. Elle verra plus tard quelles miettes elle peut lui offrir.

Maintenant, tout ce qu'elle souhaite est de pouvoir fumer enfin tranquillement, puisque même les condamnés ont droit à une dernière cigarette.

« D'accord, Étienne. Merci pour cette info. C'est très précieux. J'ai besoin de rester seule un moment pour réfléchir à tout cela – tu ne m'en veux pas, j'espère ? »

21

Claudia contemple un instant son reflet dans le couvercle d'acier, avant d'appuyer d'un coup sec sur la pédale. Au moment où la poubelle ouvre grand la gueule, une odeur douceâtre s'échappe de ses entrailles de plastique. Au milieu des cartons humides et des épluchures, Claudia aperçoit la surface violacée des abats du poulet. *J'aurais dû descendre les poubelles avant le repas*, se dit-elle en réprimant un haut-le-cœur. Avec une cuillère, elle racle soigneusement les assiettes, observe les petits amas de riz gorgé de sauce tomber avec un bruit mat sur le tapis de détritus. Elle ouvre le lave-vaisselle et, la gorge enserrée par une odeur poisseuse, le referme aussitôt. Rémi l'a rejointe, les bras chargés de plats. Dans la jatte blanc et vert, la sauce de curry, devenue orangé sombre, forme une mare gélatineuse où surnagent quelques morceaux de viande et de légumes.

« Pose tout sur la table, Rémi. Je rangerai plus tard.

— Tu ne veux pas que je mette au moins les restes dans le réfrigérateur ? Vous avez de quoi vous régaler en amoureux demain.

— Merci. C'est gentil. Je vais m'en occuper. »

Rémi ne semble pas vouloir bouger. Elle essaie de lutter contre la vague de chaleur qui tente encore une fois d'assaillir son décolleté, d'oublier la douleur qui lui tiraille le ventre.

« On a passé un excellent moment, commence doucement Rémi. Au-delà du fait que ta cuisine est exceptionnelle, j'entends. »

Il marque une pause.

« Et indépendamment de l'heureuse nouvelle. »

Claudia sursaute en entendant ces mots, avant de comprendre que Rémi fait allusion à la promotion de Johar. Elle s'étonne de ce curieux choix de mots, comme si Rémi transposait au déroulement de la carrière de Johar les expressions habituellement choisies pour décrire les grandes étapes de la vie.

« Je suis contente que vous ayez passé une bonne soirée », répond Claudia platement. Mais Rémi ne se laisse pas décourager, il repart en quête d'une aspérité à laquelle s'accrocher.

« Vous formez toujours un jeune couple passionné, Étienne et toi. »

Claudia sent sa bouche trembler légèrement, se demandant si Rémi ose réellement se moquer d'elle aussi ostensiblement.

« Vous ne connaissez pas les compromis nécessaires au maintien d'un couple dans la durée. Vous n'êtes pas encore ces acrobates sans cesse en équilibre sur la corde de leur histoire d'amour, risquant de basculer à tout instant dans l'amitié, l'indifférence ou la haine.

Vous nous avez donné la petite impulsion qui nous a permis de nous redresser, ce soir. »

Puis, guettant une lueur de sympathie dans les yeux de Claudia, Rémi conclut dans un murmure : « C'est infiniment précieux. »

C'est bon, elle a compris. Rémi n'a rien à craindre. Elle ne parlera pas du message de Manon, elle ne dira rien à Johar, ni à Étienne, ni à personne. Qu'il la laisse en paix, maintenant, qu'il lui permette de respirer avant l'ultime épreuve du dessert.

Claudia opine, tentant ainsi de signifier à Rémi qu'il peut retourner au salon l'esprit tranquille. Puis elle s'immobilise. Une image s'est glissée, sournoise, au coin de son œil. Claudia baisse doucement la tête. Elle a aperçu, sur le carreau noir où elle se tient debout, un reflet humide. Ses yeux se figent, fixent le sol. Une petite flaque s'est formée entre ses pieds. Claudia s'agrippe à la table. Son cœur cogne avec fureur contre les parois de sa poitrine. Elle vient d'identifier une sensation moite, entre ses cuisses et le long de ses mollets. Elle cesse de respirer. Elle tente d'imprimer sur son visage un sourire, en espérant que Rémi ne parviendra pas à y lire l'angoisse qui déferle sur elle, qu'il ne suivra pas la direction de son regard irrépressiblement attiré vers le sol. La flaque s'étend avec une lenteur insoutenable. Claudia est suspendue à la course paresseuse du liquide qui s'échappe de son corps. Elle le voit dépasser la bordure du carreau noir, franchir le joint de ciment, puis, enfin, venir révéler sur la blancheur immaculée du carreau voisin la profondeur de sa teinte rouge sang.

22

Rémi est en train de servir, dans des assiettes décorées de fleurs tropicales, d'alléchantes louches de mousse au chocolat. Johar saisit son téléphone sur la table.

« La maîtresse de maison m'a demandé de faire le service, annonce Rémi, croyant lire dans la pause que marque Johar un signe d'étonnement.

— Bravo. Quelle joie de voir un homme au travail. » Puis, après une brève hésitation : « Je reviens dans cinq minutes.

— Tu fuis la tentation, sourit Rémi.

— Oui, ce doit être ça. Commencez sans moi. Claudia n'est pas là ? s'étonne Johar en regardant vers la cuisine.

— Elle arrive », répond Rémi.

Johar gagne l'entrée puis s'engage vers le couloir qui dessert les chambres. Elle croit se souvenir qu'Étienne a aménagé l'une d'entre elles en bureau. Elle y sera tranquille pour appeler Carl.

Elle s'arrête devant la porte fermée. Après avoir vérifié d'un coup d'œil que Claudia n'était pas dans les parages, elle hume ses aisselles. Elle grimace devant leur odeur aigre. Elle fait deux pas de plus et se glisse par la porte entrouverte de la salle de bains. Le sol et les murs sont recouverts d'un carrelage en terrazzo. Johar sourit de retrouver dans cet appartement bourgeois le revêtement parsemé de fragments multicolores qui ornait le modeste hall de l'immeuble de sa tante, à Tunis. Devant elle, deux vasques rondes semblent posées en équilibre sur une planche de bois brut. Johar se demande si Étienne a refait la salle de bains récemment ou s'il avait déjà deux vasques lorsqu'il vivait seul, se brossant les dents au-dessus de l'une ou de l'autre selon son humeur. Elle s'approche de l'une d'elles et y fait couler un peu d'eau, joignant ses mains sous le fil glacé pour former une coupelle où elle plonge son visage. Johar savoure pendant plusieurs secondes la morsure de l'eau froide sur ses joues. Elle résiste à l'envie de passer ses mains humides dans ses cheveux, de peur d'accentuer encore ses frisottis. À côté d'elle, sur le meuble de bois, est soigneusement disposée une pile de serviettes de toilette beiges. Johar en saisit une, se frictionne le front et les joues. Dans le miroir qui lui fait face, son visage affiche un air las. Ses pommettes, autrefois fières et hautes, se sont estompées. Les arcs qui relient la base du nez aux coins de sa bouche s'étirent maintenant en direction du menton. Johar force un sourire pour retrouver l'image rassurante de l'espace qui sépare ses incisives. Elle l'abandonne aussitôt pour ne plus voir les petits plis qui se sont instantanément creusés aux coins de ses yeux. *Tu vieillis, ma fille*, se dit-elle. Elle déboutonne le haut de sa chemise. Elle se savonne les mains, les passe sous ses aisselles qu'elle tamponne ensuite avec la serviette. *Je serai parfaitement prête pour mon entretien avec Carl*, se persuade-t-elle, tout en sachant qu'elle ne cherche qu'à gagner du temps.

Au moment où elle ferme le mitigeur, Johar entend un bruit sourd et intense, comme un râle. Elle se précipite hors de la salle de bains. Il lui semble que le bruit provient des toilettes voisines. Elle essaie d'ouvrir la porte et la trouve fermée à clé. Le bruit s'est arrêté. Johar attend derrière la porte. Le râle reprend, rauque et étouffé, entrecoupé de petits gémissements plus aigus. *C'est Claudia*, se dit-elle.

Johar se surprend à penser aussitôt : *Je n'ai pas de temps à perdre avec elle, je la connais à peine, je dois appeler Carl.* Elle avance vers le bureau, puis s'arrête, la main sur la poignée. *Regarde la machine que tu es devenue. Regarde le monstre d'indifférence qu'ils ont fait de toi.*

Elle fait demi-tour, toque doucement à la porte des toilettes : « Claudia ? Claudia, qu'est-ce qui ne va pas ? » Le râle fait place à un silence. Johar colle sa poitrine et sa joue contre la porte, et, surprise, s'entend répéter les mots qu'elle a entendu sa mère lui chuchoter mille fois : « Je suis là si tu as besoin de moi. » Un râle de nouveau, puis la voix lui parvient en retour, hésitante, fragile comme un fil que Johar décide de ne pas lâcher.

« Johar ?

— Oui, c'est moi. Dis-moi ce que je peux faire pour toi.

— Est-ce que je peux te demander… Peux-tu aller dans ma chambre – tu sais laquelle c'est ? Peux-tu ouvrir l'armoire et m'apporter une culotte et une robe, n'importe lesquelles. »

La voix s'éteint, comme avalée par la douleur. Johar croit entendre un nouveau gémissement, plus faible que les précédents. Après un silence de plusieurs secondes, Claudia ajoute :

« Et mon téléphone, s'il te plaît. Il est posé sur la commode.

— Bien sûr.

— Merci beaucoup. »

Johar hésite, puis demande tout doucement :

« Tu veux que j'aille chercher Étienne ? »

Un silence, encore.

« Non. Ne lui dis rien. S'il te plaît. »

23

Claudia s'est tue. Elle pose une main sur son ventre. Les spasmes qui la torturaient il y a quelques minutes encore se sont retirés aussi brutalement qu'ils étaient venus. Le sang a cessé de couler. Elle fait glisser le long de ses jambes sa culotte maculée de liquide noir, et la jette dans la poubelle, par-dessus les serviettes de papier avec lesquelles elle a épongé le sol de la cuisine. Elle prend appui sur le petit lave-mains pour se redresser. Elle humidifie quelques feuilles de papier-toilette, essuie le sang qui commence à sécher entre ses cuisses et le long de ses mollets.

Elle ferme les yeux. Elle ne veut pas savoir, et pourtant elle doit savoir. Elle se retourne lentement. Dans la cuvette émaillée de blanc, elle aperçoit, au milieu d'une mare rouge, des fragments de chair, des lambeaux de vie. Bien qu'elle peine à se maintenir debout, elle refuse de se rasseoir au-dessus de ce naufrage écarlate. Elle s'adosse au mur. Elle guette le bruit des pas de Johar dans le couloir. Elle a hâte que Johar revienne auprès d'elle, et, en même temps, elle redoute la solitude qui suivra. Elle se sent comme un enfant chez qui se mêlent l'envie et la peur lorsqu'il attend un baiser de sa mère, dont il sait que ce sera le dernier pour ce soir.

La vue de ce sang, partout, la bouleverse. Elle ne peut se résoudre à tirer la chasse. Elle rabat le couvercle, ferme la poubelle. Le silence emplit peu à peu la pièce, lui glace les chevilles, les genoux, les hanches. Mais Johar est là, de nouveau, voix chaude et douce, réconfort inattendu :

« Claudia, j'ai tout trouvé. Tu m'ouvres la porte ou tu préfères que je laisse tes affaires devant ?

— Tu peux les laisser, merci. »

Puis aussitôt, effrayée à l'idée que sa réponse trop sèche puisse chasser celle qui lui vient en aide :

« Johar, est-ce que tu voudrais bien revenir dans dix minutes ?

— Bien sûr. »

Les pas s'éloignent. Claudia ouvre doucement la porte, prend le petit paquet posé au sol, s'enferme encore une fois à clé. Elle se déshabille. Dans le miroir des toilettes, son corps lui apparaît sain et vif, sans trace apparente de ses meurtrissures. Elle contemple la forme toujours subtilement rebondie de son ventre. Elle ne sait pas quoi faire de sa robe tachée. Elle n'a pas envie de la rincer dans le lave-mains, de voir le sang qui éclaboussera les parois et se précipitera en un tourbillon vers les canalisations. Elle la roule en une boule qu'elle dépose dans la poubelle. Elle enfile le slip et la robe bleu marine que lui a choisis Johar. Elle pourrait quitter cette pièce, se glisser vers sa chambre toute proche, sans trop risquer d'être découverte. Mais elle a peur, terriblement peur, peur des ombres qui hantent le long couloir, peur que sa propre mort la guette derrière la porte, peur d'abandonner les débris d'elle-même sous le rabat de plastique.

Elle déverrouille son téléphone et fait défiler la liste de ses contacts. Il lui est impossible de parler à sa mère. Elle pourrait peut-être appeler sa sœur aînée Paola, la seule de la fratrie dont elle soit réellement proche, mais elle ne l'avait pas informée de sa grossesse – elle craint que Paola lui en veuille, elle est trop fatiguée pour trouver les mots appropriés pour justifier son secret. Il en va de même pour les rares amies à qui elle aurait pu faire appel. Un nom apparaît dans la liste, auquel elle n'avait pas pensé. Au sortir de sa dernière consultation avec sa gynécologue, elle avait enregistré le numéro que lui avait griffonné Audrey Edelman sur un carton de papier. « Vous pouvez m'appeler si un jour vous en avez besoin », lui avait dit le médecin, avec sa diction sereine qui donnait envie de croire à tout ce qu'elle disait. Ce soir, Claudia lui répond intérieurement qu'elle a besoin d'elle, qu'elle a plus que jamais besoin d'elle, tout en se demandant si elle osera déranger à la tombée d'une nuit d'août celle qui lui est en réalité une quasi-inconnue. Puis elle pense à Johar, à la douceur insoupçonnée dont elle a fait preuve à son égard, et, soudain, elle a envie de croire à la bienveillance maternelle de toutes les femmes.

« Docteur Edelman ? »

La gynécologue ne paraît pas surprise ni agacée de son appel. Claudia raconte et le médecin l'interroge, avec des mots simples, avec, aussi, quelques silences ponctués seulement de son habituel chantonnement grave.

« Il faut que vous veniez à l'hôpital pour que je vous examine, Claudia. Je suis de garde à la maternité M. Vous n'habitez pas très loin, je crois ? Je ne peux pas vous donner le pronostic de votre grossesse par téléphone sans en savoir plus. »

Mais Claudia elle-même en sait plus. Les récits que leur faisait sa mère des heurs et malheurs de ses patientes l'ont suffisamment éclairée sur le sujet. Elle décrit en détail la violence des crampes qui l'ont assaillie, puis le sang, le déluge de sang, et enfin, ces fragments solides douloureusement arrachés à son corps. Finalement, elle amène le médecin à formuler, avec beaucoup de douceur, ce qu'elle-même avait peur de se dire.

« Vous avez sans doute fait une fausse couche, Claudia. Je suis désolée. »

À ces mots, Claudia éprouve le même sentiment d'hébétude que lorsque, petite, elle avait harcelé ses parents jusqu'à ce qu'ils lui avouent que les mythes de l'enfance – le père Noël, la petite souris et les cloches de Pâques tous ensemble – étaient le fruit de l'imagination des adultes. Elle savait mais elle ne voulait pas savoir. Elle aurait voulu qu'ils entretiennent encore un peu l'illusion.

La gynécologue poursuit :

« Il faut que vous veniez à l'hôpital ce soir, dans tous les cas. Nous ne sommes pas à quelques minutes près, puisque vous ne saignez plus, vous pouvez prendre le temps de vous reposer un peu, de vous changer, mais il faut que vous veniez. Est-ce que votre mari peut vous accompagner ? »

Claudia se tait. Au moment où elle s'est sauvée de la cuisine en priant pour que personne ne la voie, elle a aperçu la silhouette anguleuse d'Étienne dans le salon, et il lui a semblé impossible de réconcilier le drame intime qui se jouait en elle avec l'allure si étrangère de cet homme. Quand elle entend Audrey Edelman lui poser cette question, elle lui semble plus incongrue que si le médecin avait suggéré que Johar l'accompagne.

« Non, je ne crois pas.

— D'accord. Vous pouvez prendre un taxi ?

— Oui.

— Bien. Je serai là, toute la nuit. Il faut que vous vous présentiez aux urgences de la maternité. »

Claudia sent une vague de détresse monter en elle, une angoisse noire et inconnue. Comme si elle l'avait deviné, le docteur Edelman ajoute, tout doucement :

« C'est normal d'avoir de la peine. Il me semble, malheureusement, que je ne peux plus m'occuper de votre bébé, mais je vais m'occuper de vous, Claudia. »

24

Johar s'assied sur le fauteuil qui fait face au bureau de bois blond d'Étienne. Elle tire sur la chaînette de laiton de la lampe posée devant elle. De l'abat-jour d'opaline émane une lumière verte, qui éclaire les piles de dossiers encombrant le bureau, les rayonnages de livres recouvrant les murs. Du bout des doigts, Johar tapote le sous-main de cuir. Les gémissements de Claudia résonnent toujours à son oreille.

Johar pose son téléphone sur le bureau. Elle se sent incapable d'appeler Carl tout de suite. Elle décide d'appeler sa mère. Toute la journée, elle a retardé ce moment, pour échapper aux éternelles récriminations – « tu ne viens pas assez nous voir », « tu as honte de nous », et, bien sûr, « tu ne nous as pas donné de petits-enfants ».

« Johar ? »

Le cri de sa mère ressemble à celui d'une femme au bord de la noyade. Elle a aspiré le prénom de sa fille comme elle aurait avalé une dernière gorgée d'air. Johar reconnaît instantanément, sans pourtant l'avoir jamais entendue jusqu'à présent, la voix qui, partout dans le monde, annonce les mauvaises nouvelles.

« Johar ! Papa est mort. »

Pendant quelques secondes qui lui paraissent une éternité, Johar est assaillie par une question dont elle redoute la réponse : *Lequel, maman – mon papa ou ton papa ?* Elle se tait, suspendue à la fragilité de cet instant.

Comme si la solennité de cette annonce l'obligeait à la formuler dans toutes les langues, sa mère la répète, en arabe cette fois, *« Abi maat »*.

Abi, se dit Johar, *elle a dit « mon père »*. Elle réprime un rire affreux. Son père à elle, Johar, n'est pas mort, elle pourra le revoir, dès ce soir si elle en a envie, embrasser ses joues drues et souffler doucement sur la farine qui imprègne son tablier, elle pourra lui parler de tout et de rien, et même lui demander pardon pour le temps perdu.

« Johar... »

Sa mère a une voix de tête, une voix juvénile qui contraste avec ses mèches désormais grises. Mais ce soir, sa voix n'est plus celle d'une jeune femme, elle est redevenue celle d'une toute petite fille : « J'ai cru que je n'arriverais pas à te joindre. J'ai pensé que tu ne voudrais plus jamais me répondre. »

Johar sent une masse douloureuse lui obstruer la gorge, une grosse boule de sanglots sur laquelle elle appuie du bout des doigts pour l'empêcher d'éclater. Elle s'en veut d'avoir aggravé la souffrance de celle qui lui a toujours promis qu'elle serait là si quelque chose n'allait pas. Sa réponse se forme lentement, elle entend ses propres mots, à la fois si banals et si sincèrement désireux de panser la blessure de sa mère : « Je suis désolée, maman. Je suis désolée pour ta peine. J'aurais aimé que tu puisses être à ses côtés. J'aurais aimé, moi aussi, le voir encore une fois. »

Johar calcule l'âge qu'avait son grand-père. Elle réalise que cela fait presque vingt ans qu'elle ne l'a pas vu, parce qu'elle n'en avait jamais le temps ni l'envie. L'image qu'elle a gardée de cet homme droit et sec, dont elle ne parlait pas la langue, ne coïncide pas avec celle du très vieil homme qu'il était devenu. Elle prenait de ses nouvelles auprès de sa mère de temps en temps, elle le savait atteint d'un cancer qui le tuait à petit feu, mais la distance et les années avaient conféré à l'existence de son aïeul un caractère abstrait. Sa mort, curieusement, semble lui redonner chair. Sa mort ressuscite chez Johar le souvenir de sa main caressant son front lorsqu'elle s'endormait auprès des adultes qui discutaient dehors le soir, à Tunis, une main au toucher aussi rêche que celui du tapis de laine sur lequel elle s'allongeait.

« Il sera enterré après-demain. Tu sais comme cela va vite chez nous. Avec cette chaleur. »

La phrase s'achève dans un murmure.

« Est-ce que tu pourras venir ? »

Johar quitte un instant la fillette aux cheveux poivre et sel qui chuchote au bout du fil, elle quitte le vieillard dans son éternel sarouel blanc, pour revenir à Carl. Carl attend sans doute son appel avec la même fébrilité que sa mère il y a encore quelques minutes. Carl a hâte d'avoir l'assurance que sa soldate empruntera la voie qu'il lui a tracée, et qu'elle lui permettra, ce faisant, de poursuivre le grand jeu d'échecs auquel il a consacré sa vie. Il doit, entre deux bouffées de colère, se demander par quelle extravagance celle qui en rêvait depuis toujours ne se précipite pas sur l'offre qu'il lui a faite. *C'est une bonne question*, se dit Johar, et pour la première fois elle en formule la réponse, d'une limpidité vertigineuse : *Parce que je n'en ai plus envie.*

Et soudain, dans la supplication de sa mère, Johar entend le frémissement d'une promesse. Cette demande baignée d'amour maternel lui apporte ce qu'elle lui a toujours apporté : une confiance absolue dans celle qu'elle est.

« Bien sûr, maman. Je vais venir avec toi à l'enterrement. »

Puis lentement, avec la solennité de celle qui sait que les mots qu'elle est en train de prononcer ont la fascinante capacité de transformer la réalité, elle ajoute :

« J'y resterai quelques semaines. J'avais justement décidé de faire une pause dans mon travail. J'ai envie de passer un peu de temps en Tunisie avec toi, si tu veux bien. »

25

Claudia regarde la jeune femme aux traits pâles qui se reflète dans le miroir des toilettes, et lui annonce calmement : « C'est fini. » Le visage qui lui fait face demeure impassible, les yeux restent secs. Les mots résonnent un instant puis s'éteignent, dénués de sens. « C'est fini », reprend Claudia, en songeant à son espoir que sa grossesse donne un nouveau souffle à son histoire avec Étienne, à son rêve d'une existence toute fraîche venant raviver les couleurs de leur couple trop vite fané. Étienne aurait sans doute été heureux de savoir Claudia enceinte, il lui semble sincère dans son désir d'enfant. Peut-être même aurait-il réussi à regarder différemment la future mère en elle, à s'intéresser à la famille qu'ils commençaient à former. Peut-être. Elle se dit qu'elle a perdu une chance d'être de nouveau aimée d'Étienne, ou d'être aimée d'Étienne tout court, mais ses yeux sont obstinément secs.

« C'est fini », reprend Claudia, et cette fois elle se souvient qu'elle imaginait acquérir à travers la maternité un nouveau statut, une place clairement définie dans ce monde. Aujourd'hui, elle n'est rien de bien précis, elle est un membre parmi d'autres d'une fratrie trop nombreuse, elle est une kiné qui n'a même pas essayé d'être médecin, elle est la discrète compagne que s'est choisie Étienne pour prendre soin de son quotidien. Elle est celle à qui l'on pose des questions sans jamais vraiment écouter les réponses, celle à qui Rémi ne s'adresse que par politesse ou par intérêt, celle qui se fige d'effroi à la simple évocation des responsabilités qui incombent à Johar. Demain, elle aurait pu être une mère. Une de ces femmes dont le rôle dans ce monde ne peut être questionné, puisqu'elles sont là pour protéger et élever leurs enfants. Elle ne fera pas, pas tout de suite, partie de cette caste. Elle devra, pour un temps encore, rester simplement elle-même, se contenter des limites inconfortables de son être, se confronter à l'épuisante absurdité de son existence. Cette idée ne l'attriste pas réellement non plus. C'est comme si elle s'y était déjà résignée depuis longtemps.

Ses pensées tournoient misérablement autour d'elle. Elle se déteste pour son égocentrisme insupportable, elle a envie de se blesser, de se faire mal, de plus en plus mal, elle se crache au visage : « Peut-être même qu'au fond de toi tu voulais le perdre, ce bébé. »

Ce bébé. Le mot est venu du docteur Edelman. « Je ne peux plus m'occuper de votre bébé », a dit la gynécologue, et Claudia s'étonne d'avoir fait sien ce mot. Elle réalise que depuis quelques semaines elle a beaucoup pensé à elle, mais jamais vraiment à cette autre existence qui commençait à se développer en elle.

« Votre bébé. » Bizarrement, l'image qui se forme devant ses yeux n'est pas celle d'un nouveau-né, ni même celle d'un nourrisson, mais celle d'un petit enfant, d'une fillette de deux ou trois ans peut-être. Elle provient d'une scène à laquelle elle avait assisté il y a plusieurs années, lors du dernier été passé avec Paola. Les deux sœurs avaient parcouru ensemble quelques îles méditerranéennes endormies, allant de ferries en mobylettes, se laissant porter par le vent d'euphorie qui souffle sur cet âge où l'on n'est plus tout à fait adolescent, et pas encore vraiment adulte. La fin des vacances approchait. Claudia lisait à la plage, ce jour-là, à l'heure où les attaques du soleil se transformaient en caresses. Les couleurs du soir déposaient leurs couches de poésie autour d'elle. Elle ne parvenait pas à se concentrer sur son livre, dont le titre est d'ailleurs le seul détail manquant au tableau extrêmement précis qui s'est imprimé dans sa mémoire. Elle s'amusait de la course du sable tiède le long de ses orteils, observait les groupes de touristes de plus en plus clairsemés sur la plage, s'enivrait du clapotis de la mer. À côté d'elle, une fillette à la peau brunie par le soleil jouait accroupie dans le sable. Soudain, comme brutalement envahie par une immense fatigue, l'enfant s'était levée et était allée s'étendre sur le ventre de sa mère, qui la surveillait depuis un transat à quelques mètres de là. La petite s'était endormie instantanément, son visage enfoui au creux de la poitrine de sa mère, caché par le fouillis de ses boucles brunes, ses membres ballants étirés comme les tentacules des poulpes que les pêcheurs de l'île faisaient sécher au soleil. Elle respirait fort, ronflait presque, et Claudia avait imaginé ses lèvres écrasées contre le sein de sa mère, entrouvertes sur son souffle. Le contraste entre la vigueur du petit corps qui s'agitait encore quelques instants auparavant et l'abandon total de la fillette dès qu'elle s'était retrouvée au contact de la peau maternelle était saisissant. Sa cambrure fière, la raideur insolente de son torse bombé dans une silencieuse déclaration d'indépendance avaient laissé place à une succession de courbes tendres. Tandis que la mère caressait machinalement le dos de la petite, duveteux comme celui d'un poussin, tandis qu'elle passait délicatement ses doigts dans les boucles emmêlées par le sel et la sueur, Claudia s'était imprégnée du sentiment de douceur et de confiance absolue qui se dégageait de ce tableau.

Mon bébé, se dit Claudia, et il lui semble qu'on lui a arraché ce corps tendre collé contre le sien, qu'une béance immense s'est formée au creux de son ventre. *Mon bébé*, se répète-t-elle, et un sanglot qui semblait étouffé en elle depuis des années se fraye un passage au creux de sa gorge, maintenant les sanglots jaillissent avec fureur, elle se mord la main pour tenter de masquer leur rugissement. Bien sûr qu'elle ne voulait pas perdre son enfant, elle avait déjà préparé un cocon de tendresse tout prêt à le recevoir, et le manque qu'il laisse derrière lui l'emplit de chagrin.

Pourtant, elle s'aperçoit que dans ses larmes il n'y a pas que de la tristesse, il y a aussi un désir, une envie féroce. Claudia vibre tout entière de son envie d'amour, elle voudrait hurler son envie d'amour. Elle veut aimer comme une mère et comme une femme. Elle veut chavirer comme Manon dans les bras de son homme, elle veut serrer contre elle le corps salé et chaud de son enfant comme la femme de la plage.

26

« J'ai l'impression que nos femmes nous ont fuis…, murmure Rémi.

— Oui. Je ne sais pas ce qu'elles font. Commence si tu veux. Les desserts de Claudia sont toujours très réussis. »

Rémi en avale plusieurs cuillères avec gourmandise. La mousse est douce et souple. Un sourire satisfait étire ses lèvres brunies par le chocolat.

« Tu as raison de prendre des forces, tu vas en avoir besoin, reprend Étienne.

— Qu'est-ce que tu veux dire ?

— Je pense au nouveau poste de Johar. Ça ne va pas être facile. Ni pour elle ni pour toi.

— Ça fait longtemps que j'ai arrêté de m'inquiéter pour le travail de Johar. Elle est dans son entreprise comme un poisson dans l'eau, maintenant. Elle connaît tous les sujets et tous les hommes par cœur. Je suis presque étonné que ça la fasse encore vibrer de grenouiller là-dedans. J'ai l'impression qu'elle joue toujours la même partie…

— Tu n'as pas l'air de comprendre que tu parles d'un poste de patron d'une boîte cotée. »

Rémi se tait, surpris par le mépris qu'il a entendu dans la voix de son ami. Il y a quelques minutes encore, profitant de l'absence de leurs compagnes, les deux hommes avaient replongé avec plaisir dans le souvenir de leurs années étudiantes. Le vieux complice vient de s'effacer, il a cédé la place à l'avocat arrogant qui donne des leçons au petit prof.

« Si, je crois que je le comprends très bien, souffle Rémi. Tu sais, Johar me raconte souvent comment ça se passe, de l'intérieur. Tu serais déçu. C'est partout les mêmes petites bassesses, les prétendues stratégies qui ne sont là que pour flatter des ego. La force de Johar, c'est de savoir jouer parfaitement cette comédie sans jamais oublier que c'est du théâtre.

— Il ne s'agira plus de mascarade interne, maintenant. Elle va être la seule redevable aux yeux des clients. Et aux yeux du marché surtout.

— Elle a l'habitude. Elle a un poste de direction depuis longtemps. Et puis elle a bien compris que personne n'était réellement jugé sur sa performance…

— Devenir numéro un, c'est une autre histoire. Elle sera jalousée, attaquée de toute part. Elle sera en représentation permanente. Vous ne vous verrez plus, Rémi, elle n'aura plus de temps pour toi. Elle sera totalement seule, et toi, tu ne pourras pas être là pour elle. »

Rémi se demande où veut en venir Étienne. Il sent qu'il ne lui sert à rien d'argumenter. Il voudrait revenir au sujet précédent, raviver le souvenir de l'atmosphère électrique des bars de la rue de la Huchette où les deux licenciés en droit se postaient pour draguer les filles. Il voudrait retrouver la gourmandise avec laquelle ils guettaient les mollets musclés des lycéennes. Mais il est trop tard.

Étienne n'a pas touché à son dessert. Il bat nerveusement la mesure sur la table avec le manche de sa cuillère. Rémi regarde la mâchoire contractée de son ami, les plis durs de sa bouche. Johar n'aura pas eu à attendre d'être nommée officiellement pour attiser les rancœurs et les jalousies. Il se demande tout de même ce qui contrarie autant Étienne, ce soir. La promotion de Johar devrait être une bonne nouvelle pour lui, elle devrait faciliter les tractations pour lesquelles il a souhaité organiser ce repas. Étienne lui a parlé de difficultés professionnelles, de la pression croissante que lui infligent les associés de son cabinet d'avocats, comme s'il craignait sincèrement que les choses puissent mal tourner pour lui. Rémi sait qu'Étienne ne risque absolument rien. Il marche dans les pas d'un père qui connaît toute la place parisienne. Quand bien même une faiblesse momentanée l'écarterait de la voie royale au sein de son cabinet actuel, il trouverait aussitôt un poste ailleurs, grâce à son seul nom de famille. Et puis, Étienne n'a pas besoin d'argent, il pourrait vivre de la rente des appartements dont ses parents lui ont fait donation. Ce doit être par ennui qu'il s'invente des difficultés, par envie de briser la monotonie de sa vie où tout est écrit d'avance. Rémi aimerait lui demander pourquoi il a gommé la seule touche de fantaisie qu'il s'accordait dans cet océan de conformisme, pourquoi il a renoncé à sa vie de célibataire séducteur pour s'installer avec cette fille qui semble l'ennuyer à mourir. Mais cette idée entraîne avec elle le souvenir douloureux des projets de paternité d'Étienne, et Rémi se tait.

Il se sent contaminé par l'aigreur de son ami. Il éprouve un obscur plaisir à se le représenter en train de vieillir. Il imagine les lignes séduisantes de son visage anguleux se durcir avec les années, ses joues s'émacier, ses petits yeux secs se perdre au milieu d'orbites saillantes. Il pense au jeune intellectuel charmeur et pétillant qui l'avait séduit au premier sourire vingt ans plus tôt, et il se dit qu'Étienne finira triste et frustré, parce qu'il aura voulu se couler dans un moule trop étroit pour lui.

Rémi reprend une cuillère de mousse au chocolat. Le sucre vient adoucir son humeur. Il regarde Étienne avec un peu plus de peine, un peu moins de colère. Si l'arrogance d'Étienne ne le rendait pas sourd à toute remarque, Rémi lui conseillerait d'oublier un instant son obsession de paraître, de cesser de se tourmenter pour des à-coups de carrière qu'il aura vite oubliés, de s'échapper de la prison où il s'est absurdement enfermé avec Claudia. Il se souvient d'avoir pensé tout à l'heure qu'Étienne avait mis Claudia en cage, mais il se trompait. Ces deux-là sont réunis derrière les mêmes barreaux. Il songe à la chance qu'il a eue de rencontrer Manon. À son contact, il a pu de nouveau se sentir tout entier aspiré par un autre être humain, englouti par le désir de connaître tous les recoins de son corps et de son esprit. Il voudrait se réfugier en cet instant même dans la chaleur des bras de Manon, se laisser bercer par la musique de ses mots.

« Je vais passer un coup de fil, annonce-t-il à Étienne. Puisque c'est apparemment l'heure de la trêve pour tout le monde.

— Un coup de fil à qui ? »

Rémi jette un coup d'œil vers le salon.

« À Manon.

— Ta jeune prof ? Maintenant ? C'est du sérieux alors. »

Rémi ne sait pas s'il doit entendre une note de sarcasme ou une lueur d'envie dans les mots prononcés par son ami.

« On dirait. De plus en plus.

— Tu te mets à goûter au plaisir des petites jeunes au moment où je m'en détache. »

Rémi a envie de répondre que Manon est à peine plus jeune que Claudia, mais Étienne continue :

« C'est trop dangereux. On a l'impression de rajeunir à leurs côtés jusqu'au jour où on s'aperçoit qu'elles font de nous des vieux cons.

— Ce n'est pas plutôt ta soudaine envie de te ranger qui fait de toi un vieux con ?

— Arrête. Tu voudrais que je continue à voir des filles de vingt ans, maintenant. C'est le monde à l'envers.

— Je ne parlais pas que des filles de vingt ans, objecte Rémi, mais Étienne ne l'écoute pas.

— Je dois dire que c'est tentant. Il y a une nouvelle stagiaire au cabinet, il faudrait que tu la voies. Elle essaie de s'habiller comme une adulte, mais elle transpire encore l'adolescence par tous ses pores. Elle ne porte que du gris, mais quand tu t'approches d'elle tu as l'impression de plonger dans une barbe à papa, il n'y a que de la peau rose partout. Je crois qu'elle s'appelle Léa… »

Rémi se lève et s'éloigne à reculons, laissant Étienne se perdre dans le souvenir cotonneux de Léa.

27

Johar referme doucement la porte du bureau derrière elle. Elle s'approche des toilettes, n'entend pas un bruit. Elle toque, trois petits coups légers. Pas de réponse.

« Claudia ? » murmure Johar.

Elle appuie lentement sur la poignée. La lumière est éteinte, les toilettes sont vides. Elle croit entendre un mouvement du côté de la chambre, et s'avance dans le couloir. Le parquet craque sous ses pas. Sans réfléchir, elle ôte ses escarpins et continue d'avancer pieds nus. Face à elle, elle aperçoit une grande photographie qu'elle n'avait pas vue tout à l'heure. La vue est prise depuis une fenêtre, dont on aperçoit l'encadrement. Un instant, dans la semi-obscurité du couloir, Johar s'est laissé tromper, croyant qu'il s'agissait réellement d'une ouverture sur la rue. Elle s'arrête. La fenêtre donne sur ce qui ressemble à un jardin abandonné. Johar songe à l'envie qu'elle a eue, tout à l'heure, de s'envoler du balcon d'Étienne. Puis elle pense à son appel à sa mère et à la décision encore irréelle qu'elle vient de prendre.

Par la porte entrouverte de la chambre, Johar aperçoit Claudia en train de ranger des affaires dans son sac à main. Elle toque de nouveau pour signaler sa présence. Elle aperçoit une lueur de frayeur dans les yeux de Claudia, qui disparaît dès que son regard croise le sien. Johar entre dans la chambre, s'assied sur le lit. Elle sent sous ses pieds nus la douceur d'un tapis de laine.

« Merci d'être revenue, Johar.

— C'est normal. Qu'est-ce que tu fais ? »

Johar n'a pas besoin de nommer ce qui est arrivé à Claudia. Le secret qu'elles partagent désormais se passe de mots, il est contenu dans la toute nouvelle intimité avec laquelle se parlent les deux femmes.

« Je dois aller à l'hôpital. »

Dans la voix de Claudia, Johar entend un voile de tristesse mais aussi une note nouvelle, une force qu'elle n'avait pas décelée jusqu'à présent.

« Étienne va t'accompagner ? demande Johar, qui connaît déjà la réponse.

— Non.

— Alors c'est moi qui t'accompagne.

— Non, ce n'est pas la peine. Je vais prendre un taxi.

— Il vaut mieux que je t'accompagne, Claudia.

— Non, vraiment. Je suis sûre. Certaine. Ça va mieux. Ce n'est pas ça…

— Ce n'est pas quoi ? S'il te plaît, dis-moi comment je peux t'aider. »

Johar sourit à Claudia avec douceur.

« Je ne sais pas ce que tu veux faire, Claudia, mais tu vas y arriver. Dis-moi juste comment je peux t'aider.

— Je voudrais que tu fasses diversion. Pour que je puisse partir discrètement. Sans qu'ils me voient.

— D'accord. »

Johar se relève. « Est-ce que je peux te demander cinq minutes ? Je passe un dernier coup de fil et ensuite je t'aide à disparaître.

— Oui, vas-y. Je dois finir de préparer mes affaires, de toute façon.

— Je reviens te chercher. »

En quelques pas, Johar regagne le bureau d'Étienne. Elle se demande si, tout comme elle a senti poindre une force nouvelle en Claudia, Claudia a remarqué la nouvelle puissance qui l'habitait, elle, Johar. Elle ancre ses pieds dans le sol, s'adosse fermement au fauteuil de cuir et sort son téléphone.

28

Rémi soulève sa veste restée sur le dossier d'un des fauteuils du salon. Il l'enfile et sent immédiatement le poids rassurant du téléphone dans sa poche.

Il enjambe le marchepied et se retrouve sur le balcon. La vue des quinze mètres qui le séparent du sol lui serre la poitrine. Sans la présence d'Étienne à ses côtés, la sensation de vertige se fait plus pressante. Il a l'impression de s'observer lui-même depuis la fenêtre d'en face, un homme stupidement dressé sur une étroite saillie de pierre suspendue au-dessus de l'abîme. Les arabesques que dessine la rambarde de fer forgé veulent l'entraîner dans leur danse envoûtante, l'attirer vers le vide. Les pots de lavande à ses pieds menacent de le faire trébucher. Rémi appuie son épaule contre la surface rassurante du chambranle de la fenêtre, agrippe le métal d'un volet replié. Il regarde fermement devant lui.

Il va bien falloir qu'il triomphe de son vertige, il n'y a pas d'autre endroit d'où appeler Manon tranquillement. *Les convives fuient ta présence, cher Étienne*, se dit Rémi. L'idée de Johar et de Claudia toutes deux évanouies dans les couloirs de l'appartement se glisse insidieusement dans son esprit. *Elles doivent être en train de discuter, et de quoi peuvent-elles parler sinon de Manon et lui ?* Il chasse cette pensée, aussitôt remplacée dans son esprit par la sortie d'Étienne sur « les petites jeunes ». C'est donc comme ça qu'il voit son histoire avec Manon. C'est peut-être comme ça qu'elle doit être vue finalement, la banale histoire d'un quadragénaire que sa peur de vieillir précipite dans les bras d'une jeune femme.

Il y a, bien sûr, quelque chose qui le bouleverse dans la jeunesse de Manon, dans la rondeur fraîche de ses joues, dans la candeur avec laquelle elle observe le monde. Il se remémore une promenade qu'ils ont faite ensemble sur les bords de la Seine au début de l'été. Les quais débordaient ce jour-là de jeunes gens pressés de savourer les premiers rayons de soleil. Manon détonnait au sein de cette foule de Parisiens aux allures travaillées, avec son petit sac de cuir porté trop long, son jean délavé à la coupe trop simple. Rémi avait redécouvert la beauté de la ville à travers son regard enthousiaste. « J'adore cette façon qu'ont les Parisiens de penser que leur ville n'appartient qu'à eux, lui avait dit Manon. Je veux dire, la façon qu'a *chaque* Parisien de penser que la ville n'appartient *qu'à lui*. Ils se vantent du caractère cosmopolite de Paris, et pourtant le moindre serveur qui fume sa cigarette devant son café semble vouloir te faire sentir que tu empiètes sur son territoire. » Elle avait trébuché sur un pavé et s'était rattrapée à lui avec un éclat de rire.

Il avait prolongé ce moment, profitant de la douceur du contact de ses bras, de la chaleur de son corps aux rondeurs un peu trop marquées, dont elle ne semblait pas, contrairement à lui, éprouver la moindre gêne.

Manon aime qui elle est. Elle se sent étrangère, mais elle n'a pas besoin de se camoufler. Elle se sait imparfaite, mais assume chaque centimètre carré de son corps. Il se remémore le jeune Rémi fraîchement débarqué de sa province, pressé de maîtriser au plus vite les codes de la bourgeoisie parisienne, soucieux de gommer toutes les petites singularités sociales qui risquaient de faire sourire ses nouveaux amis.

Les aboiements aigus d'un chien attirent son regard vers la rue. La chaussée se précipite vers ses yeux, tournoie autour de son visage. Il s'agrippe au contact du téléphone dans sa veste. Dans cette poche, il y a un message de Manon. Dans cette poche, Manon vient à son secours. Il ne peut évidemment pas laisser Claudia décider de la suite de son histoire. Ni même Johar, d'ailleurs. Rémi a encore beaucoup de tendresse et d'amitié pour Johar, il redoute que sa trahison ne la blesse, mais il sait aussi pertinemment que la cohabitation aride dans laquelle ils vivent depuis plusieurs mois, plusieurs années maintenant, est bien triste pour elle comme pour lui.

Lorsqu'il sort le téléphone de sa poche, Rémi sent son sang battre violemment dans son cou. Son regard descend doucement de la dentelle des feuilles de platane vers l'écran lumineux.

« *Tu me fais chavirer* », a écrit Manon.

Bien, pense Rémi. *Alors chavirons ensemble.*

Une tonalité, et puis aussitôt la voix de Manon :

« Tu ne voulais pas me répondre. Tu es en colère ? Excuse-moi, Rémi, je ne sais pas ce qui m'a pris, tu m'avais dit de ne plus t'envoyer de message sur ton portable, surtout quand tu es avec ta femme, mais tu vois, par moments, je craque, je ne comprends pas ce qui te retient, on pourrait…

— Doucement, Manon, attends…

— Tu me dis d'attendre, mais je n'arrive pas à comprendre ce qu'on attend ?

— Moi aussi j'ai envie d'être avec toi. D'être avec toi pour de bon. Je vais en parler à Johar, ce soir. »

29

« Bonsoir, Johar. »

La voix de Carl, séductrice et autoritaire.

« Carl, commence lentement Johar, je t'appelle un peu tard, désolée.

— Ce n'est pas un problème. Tu te doutes que je ne suis pas bien loin des sujets liés à Oryx, quelle que soit l'heure du jour et de la nuit, ces temps-ci. Dis-moi plutôt, tu as pu réfléchir comme tu le souhaitais ?

— Oui.

— Et en parler avec ton mari ?

— Oui », répond Johar.

Puis, après une brève pause :

« Carl, ma réponse ne va pas te plaire, mais elle est mûrement réfléchie. Et définitive. »

Le silence à l'autre bout du fil prend une consistance métallique et froide.

« Je n'accepte pas le poste, Carl. Je n'en ai pas envie. Je n'ai plus la flamme. Ce serait une mauvaise idée, pour l'entreprise comme pour moi.

— Tu n'as plus la flamme ? »

La voix, glaciale, rampe derrière l'oreille de Johar et se glisse le long de son cou.

« Non. J'ai d'autres projets.

— À quoi tu joues, Johar ? Tu as une autre proposition – c'est ce que tu veux me dire ?

— Non. Je ne parle pas de projets professionnels.

— Comment ça ? »

Carl se tait quelques instants puis demande :

« Rappelle-moi, tu as quel âge, Johar ? »

Plus vraiment l'âge d'avoir un enfant, répond intérieurement Johar, qui tente d'oublier la grossièreté de Carl en feignant de n'avoir pas compris.

« Écoute, Carl. Oryx m'a permis d'accéder à une variété de métiers et à des niveaux de responsabilité exceptionnels. Je crois aussi pouvoir dire sans me vanter que j'ai contribué très fortement à la croissance et à la transformation de l'entreprise. Mais aujourd'hui…

— Je n'ai pas besoin d'entendre tes platitudes. Tu m'as habitué à mieux. Tu es vraiment en train de refuser le poste ? Parce que, si c'est une tactique pour obtenir quelque chose, elle est trop subtile pour moi.

— Je suis vraiment en train de refuser le poste.

— Tu mesures les conséquences de ta décision ? »

Carl semble s'étouffer de colère, puis il reprend :

« Non, forcément pas. Tu me parles de ton attachement à l'entreprise, mais tu as conscience du mal que tu lui fais ? Et de celui que tu me fais, à moi ? »

Il tente de m'apitoyer après avoir cherché à m'humilier, pense Johar. *C'est un peu présomptueux de sa part de railler mes supposées tactiques quand les siennes sont si maladroites.*

« Tu sais parfaitement que je ne suis pas indispensable à Oryx. C'est l'une des premières choses que tu m'as apprises : personne n'est irremplaçable dans une entreprise. On a passé des années à en faire la démonstration, toi et moi.

— Je ne sais pas ce que tu as en tête, mais je voudrais te rappeler que, quels que soient tes plans, j'ai la capacité de les faire échouer. Si tu as retenu la leçon numéro un, alors tu dois te souvenir de la numéro deux : je ne suis pas un homme à qui l'on refuse quoi que ce soit… »

Une menace, maintenant. Johar ferme les yeux, comme si l'obscurité avait la capacité d'étouffer les propos de Carl. Mais les mots continuent de tambouriner à son oreille. Carl crache sa fureur. Carl hurle sa panique. Puis, après un temps, comme repu de sa propre violence, il se calme.

« Tu ne changeras vraiment pas d'avis, alors ?

— Non.

— Bien. Pascal se chargera des modalités pratiques de ton départ.

— D'accord.

— Il va de soi que ni cette discussion ni ma proposition n'ont jamais existé, c'est entendu ?

— Oui. Sois rassuré à ce sujet. »

Carl raccroche. Elle se perd un instant dans sa rêverie, se remémore les mots qu'elle avait prévu de prononcer : des mots de réconfort et de reconnaissance, des mots pour graver dans leurs esprits le souvenir de ce qui a été accompli ensemble. Elle est restée naïve, finalement.

Encore étourdie par la brutalité de la conversation, Johar lâche doucement prise, sent le sang affluer de nouveau le long de son bras, observe la couleur revenir dans ses phalanges. Elle a pris quelques coups, mais la vie qui palpite en elle est toujours là, bien présente.

30

Le couloir est à présent plongé dans l'obscurité. Johar parcourt à tâtons les quelques mètres qui la séparent de la chambre.

« Claudia ? J'ai fini. Je suis à toi. »

Elle a l'impression d'arracher Claudia à une profonde rêverie. Claudia soulève un grand sac de voyage qu'elle avait posé à ses pieds, glisse la bandoulière sur son épaule.

« Tu veux toujours que je détourne l'attention pendant que tu t'en vas ? » demande Johar.

Claudia hoche silencieusement la tête.

« Bien. Je vais y retourner la première, alors. Je ferai en sorte qu'ils me suivent dans la cuisine et je leur ferai une annonce qui risque de les tenir en haleine un petit moment. Ça te va ? »

Les deux femmes progressent dans le couloir sans un mot. D'ici à quelques minutes, Claudia disparaîtra derrière la lourde porte blindée et par la même occasion de la vie de Johar, sans doute. Johar voudrait lui raconter le rôle déterminant qu'elle vient, sans le savoir, de jouer dans son existence. Elle voudrait aussi l'encourager, elle, dans son propre cheminement, quel qu'il soit. Elle se contente de lui presser doucement le bras.

Johar avance d'un pas à la fois décidé et paisible. Enveloppée par l'ombre protectrice du couloir, Claudia contemple le salon immobile, en s'arrêtant sur le large dos d'Étienne assis seul à table. *Ce soir, j'ai décidé d'arrêter de subir mon existence*, songe Claudia. *Ce soir j'ai promis de m'attaquer à la vie.*

Elle appelle doucement : « Johar ! »

Johar se retourne, surprise. « Oui ?

— Je vais lui parler. Assieds-toi juste dans le salon, s'il te plaît. »

Étienne, qui s'est retourné en les entendant, la dévisage maintenant avec curiosité. Claudia s'avance vers la porte d'entrée, l'entrouvre, puis, la main sur la poignée, attend qu'Étienne la rejoigne. Pendant qu'il s'approche d'elle, une moue contrariée déformant sa belle bouche, pendant qu'il passe sa grande main dans sa mèche rebelle, découvrant un peu plus ses sourcils froncés, Claudia s'accroche au féroce désir d'amour qui s'est emparé d'elle un peu plus tôt. Elle se redresse. Elle pense à la petite vie qui l'a quittée sans qu'elle ait eu le temps de jouir de sa venue. *Cette vie appartient à mon histoire et à elle seule*, se dit Claudia, *elle est encore inscrite dans mon corps, et elle y restera toujours, d'une certaine manière.* Elle décide qu'elle ne dira rien à Étienne pour l'enfant.

« Claudia, mais qu'est-ce qui te prend ? Où crois-tu

aller, comme ça ? » lui demande Étienne, qui s'interpose entre la porte d'entrée et elle.

Je n'ai jamais quitté personne, pense Claudia, *je ne connais pas les mots.* Elle regarde en direction du salon et voit l'inclinaison rassurante de la tête de Johar.

« Je pars, commence-t-elle.

— Tu pars ? siffle Étienne, le visage collé tout contre le sien. Qu'est-ce que tu racontes, en plein dîner, où est-ce que tu pars ?

— Je pars pour de bon. »

Les mâchoires d'Étienne se crispent.

« Étienne, je ne vois pas comment on pourrait être heureux ensemble. Il n'y a ni affection ni désir entre nous. J'ai compris ce soir que notre relation n'avait plus de sens, ou pas de sens, et je crois que tu le sais, toi, depuis longtemps.

— Et tu n'as pas trouvé de moment plus délirant pour me dire ça ?

— Excuse-moi. Mais il s'est produit quelque chose… C'est maintenant que je dois partir, et il fallait que je te parle. Oublie un instant les circonstances, et pense à nous, Étienne. Il fallait que l'un de nous ait le courage de mettre fin à cette comédie pathétique.

— Claudia, arrête ton cinéma tout de suite, s'il te plaît. Quoi qu'il t'arrive et quoi que tu aies à me dire, ça attendra qu'on soit seuls. »

Étienne essaie de contenir sa voix mais des éclats de rage en transpercent la mélodie sourde. Il regarde Claudia, son cou frêle à portée de sa grande main ; il parcourt son visage à la recherche d'un signe de nervosité, guette un tressaillement sur sa bouche. La colère qui monte en lui bute sur l'étonnante assurance de Claudia. Il retrouve, déconcerté, le mélange de fermeté et de douceur qui l'avait fasciné dans les gestes de sa kinésithérapeute. Il l'écoute lui expliquer qu'elle peut décider de ce qui est bien pour elle et pour lui. Il voudrait écraser Claudia, la jeter à terre et la battre à coups de pied, encore et encore, pour la punir de ce qu'elle lui fait subir.

Mais Claudia reprend :

« Non, ça ne peut pas attendre, Étienne. Écoute-moi. Tu ne me connais pas, tu ne cherches pas à me connaître. J'ai pris pour de l'amour ton besoin de me séduire, mais cette flamme est totalement éteinte. Tu ne te dévoiles pas à moi, tu ne me donnes rien de toi. Tu cherches peut-être une dame de compagnie, une intendante, mais moi j'ai envie de désir et de tendresse. J'ai envie de complicité et de rêves partagés. J'ai envie d'amour. »

La voix de Claudia s'est élevée. Johar tourne les yeux vers eux. Claudia s'accroche à ce regard. Étienne sent les pupilles de Johar plantées dans ses omoplates. Il se demande si elle perçoit l'onde de fureur qui se propage le long de sa colonne vertébrale. Il essaie de maîtriser le tremblement de sa main qui appuie sur la poignée de la porte d'entrée. Le laiton lui semble étonnamment chaud au contact de ses phalanges glacées. Il hésite un instant, fait un pas en arrière. Claudia en profite pour se glisser hors de l'appartement.

31

Le claquement de la porte arrache Rémi à la tendresse de la voix de Manon.

« Je dois raccrocher, je te rappelle. »

Les battements violents de son cœur font vaciller Rémi et menacent à nouveau de l'attirer vers le vide. Son cerveau affolé cherche à comprendre le sens du bruit qu'il vient d'entendre. Il se dit qu'un drame s'est produit, que Claudia a tout raconté à Johar qui vient de quitter l'appartement avec fracas. Il descend du balcon en se tenant au cadre de la fenêtre. La salle à manger déserte, majestueusement illuminée, lui fait l'effet d'une scène de spectacle avant l'entrée des comédiens. Par contraste, le salon, qu'éclaire timidement un petit globe posé sur une table basse, semble plongé dans la pénombre. Rémi y voit Johar, assise sur le canapé, silencieuse et calme, les yeux rivés sur l'entrée de l'appartement. Un soupir de soulagement lui échappe.

Rémi s'approche d'elle, mais avant qu'il ait pu lui demander ce qui s'est passé Étienne les a rejoints dans le salon. Son visage, auquel la lumière pâle donne des reflets grisâtres, est comme un masque de commedia dell'arte.

« Claudia n'était pas bien ce soir, lance-t-il d'une voix trop aiguë. Elle regrette de ne pas avoir pu vous saluer avant de partir. Assieds-toi, Rémi », poursuit Étienne.

Rémi prend place à côté de Johar sur le banc des spectateurs. Étienne s'installe dans le fauteuil qui leur fait face. Sous le masque de papier mâché, ses pupilles dilatées par la semi-obscurité de la pièce ont un éclat de folie. Rémi baisse les yeux pour échapper à leur lueur glaçante. Son regard tombe sur une tache de chocolat au bas de son ventre, à l'endroit où une petite bouée de graisse s'obstine à tirer sur les boutons de sa chemise. Il entreprend de gratter le disque brun du bout de l'ongle.

Johar a saisi son genou de ses doigts entrelacés. Elle se balance doucement d'avant en arrière. Son regard croise furtivement celui de Rémi.

« On devrait peut-être y aller… », commence-t-elle, mais la voix d'Étienne l'interrompt, pareille à celle d'un automate.

« Je vous sers un café, un déca ?

— Non, merci, Étienne.

— Vous ne pouvez pas partir tout de suite. On a à peine eu le temps de parler de ta nomination, Johar. Tu m'as dit que tu avais besoin de prendre le temps de réfléchir aux informations confidentielles que j'ai partagées avec toi. Je pense que tu devrais le faire sans tarder. Il faut battre le fer tant qu'il est chaud. On peut élaborer une stratégie de négociation ensemble, maintenant, pour que tu puisses appeler Carl ce soir même. »

Rémi observe les traits impassibles de sa femme, puis le corps contracté d'Étienne. De quoi parlent-ils ? se demande Rémi.

« Je viens d'avoir Carl au téléphone », articule Johar d'un air détaché.

L'expression d'Étienne se fige. Les trois grandes rides qui barrent son front y creusent un sillon plus profond que d'habitude.

« Il ne veut plus de moi pour le poste. Il a revu ses plans. »

Puis elle répète, très lentement :

« Je ne serai pas la directrice générale d'Oryx. »

Rémi ne parvient pas à déceler de note de déception dans la voix de sa femme. Il cherche des mots de réconfort, ne les trouve pas. Il chasse de son esprit l'idée sournoise que ce revirement de situation pourrait mettre en péril la promesse faite à Manon.

Étienne laisse échapper un rire étranglé.

« C'est impossible. Carl ne peut pas faire ça. T'offrir un poste et revenir sur son engagement. Ce serait d'un amateurisme inouï. »

Johar hausse simplement les épaules.

« C'est impossible, répète Étienne. Alexandra m'a confirmé il y a une heure à peine que tu étais la pierre angulaire de cette fusion. Sans toi, elle n'aura pas lieu.

— Je viens de m'entretenir longuement avec lui, répond Johar. Il n'y a pas l'ombre d'un doute. »

Puis, sans laisser à Étienne le temps de nier encore une fois l'évidence, Johar ajoute :

« On va y aller, maintenant, Étienne. Je suis fatiguée. »

Rémi se lève. Il jette un dernier regard à la table, contemple avec tristesse la montagne de mousse au chocolat dont les flancs crémeux ont à peine été attaqués par les convives. Il retrouve Johar dans l'entrée et lui presse doucement le bras. Elle sourit de ce geste de réconfort, le même qu'elle a eu pour Claudia un peu plus tôt. *Nous sommes devenus des clones, Rémi et moi*, se dit Johar. *Quinze ans de vie commune nous ont fait inventer notre propre langage des signes.*

La main de Rémi s'attarde sur elle, il cherche dans le contact rassurant de ce corps qu'il connaît par cœur une réponse aux interrogations qui torturent son esprit, un indice quant à la direction qu'il doit prendre.

Étienne les a suivis sans un mot. Au moment où Johar ouvre la porte, il glapit :

« Une dernière question : est-ce que tu sais si la fusion va se faire quand même ?

— Je ne sais pas, murmure Johar. Peut-être. Sans doute. Carl est quelqu'un de persévérant. Il arrivera à ses fins. »

Le couple se faufile par la porte entrouverte. La cage d'escalier s'illumine. Rémi observe avec soulagement les reflets chatoyants du tapis rouge qui court le long de l'escalier de bois. Il ne se retourne pas pour voir le rideau se fermer sur le triste roi qui les a accueillis ce soir.

32

Étienne s'assied, les genoux écartés, ses longs bras étendus en croix sur le dossier du canapé. Il se demande où a pu aller Claudia, à cette heure tardive. Elle lui a toujours donné l'impression de ne pas avoir d'attaches solides. Une jolie fille ballottée par la vie qu'il pouvait solidement ancrer auprès de lui. Peut-être va-t-elle revenir d'ici à quelques minutes, quelques heures, étouffée par le remords, le suppliant de la reprendre à ses côtés. Il aimerait qu'elle le fasse, pour le plaisir de la chasser, ou, mieux encore, de la laisser hoqueter devant la porte fermement close, jusqu'à ce qu'un voisin agacé lui demande d'aller pleurnicher ailleurs. Il repense à la première rencontre avec sa kinésithérapeute à la timidité troublante, à l'envie qu'il avait eue de posséder les mains fraîches avec lesquelles elle détendait son dos noué. Il avait été obsédé par Claudia étonnamment longtemps, par comparaison à la moyenne de ses conquêtes, peut-être parce que son effacement maladif l'avait rendue plus difficile à séduire. Puis il s'était dit qu'elle serait la candidate idéale pour l'accompagner dans sa vie d'homme rangé : elle semblait ignorer son pouvoir de séduction, elle s'estimait trop peu pour ressentir autre chose que de la reconnaissance envers lui, elle était trop discrète pour risquer de le priver de sa liberté. Il se demande quel cheminement mystérieux a conduit cet oiseau craintif à revendiquer aussi farouchement, ce soir, son droit à l'amour.

Étienne repense aux mots prononcés par Rémi un peu plus tôt, à la jouissance avec laquelle son ami lui a lancé au visage que son idée de construire une famille faisait de lui un vieux con. Rémi s'est laissé emporter par la jalousie, sans doute, se dit Étienne. Il a saisi l'occasion d'exprimer sa frustration devant la ruine qu'est devenu son mariage avec Johar. Sa sortie n'a aucun fondement. Et quand bien même Rémi aurait eu raison ? Ce n'était pas à Claudia de choisir ce qui est juste ou non pour Étienne. Il a toujours été et restera le maître de ses décisions. Claudia n'a rien compris. Elle peut bien retourner à sa vie médiocre, au défilé monotone de ses pauvres patients, au quotidien triste et solitaire qui a précédé sa vie avec lui. Elle peut relouer une cage à lapins sous les toits où elle ira uriner entre son placard et sa cuisine. Elle aurait pu vivre confortablement à ses côtés, découvrir des pays où ses rustres de parents ne l'ont jamais emmenée, elle aurait pu apprendre de son expérience et de son savoir. Elle aurait pu devenir une femme intéressante, cultivée, riche. Il voudrait appeler Claudia pour lui hurler sa rage. Il n'a pas eu la possibilité de le faire tout à l'heure, trop préoccupé par le risque que Johar comprenne ce qui se passait. Il s'est stupidement contraint au silence, pour ménager celle qui devait se révéler quelques minutes plus tard d'une inutilité absolue dans ses affaires. La seule idée qui le soulage en cet instant est d'imaginer la déception de Johar. Il a bien vu qu'elle ne lui disait pas tout, qu'elle cherchait à se préserver. Mais la réalité est sans appel, se convainc Étienne : elle qui s'imaginait au sommet, elle qui lui a infligé pendant toute la soirée son insupportable arrogance, qui a tenté de jouer avec lui comme un chat avec une souris, se retrouve seule dans sa chute.

Étienne se lève, tourne autour des fauteuils, sort et remet en place son téléphone avec frénésie. Il résiste à la tentation d'appeler Claudia, ce serait lui faire trop d'honneur. Il pourrait rappeler Alexandra, mais à quoi bon lui faire part de son naufrage. Un instant, l'idée de contacter Léa, la jolie stagiaire, lui traverse l'esprit. Il doit bien avoir son numéro quelque part dans un e-mail, mais la possibilité d'essuyer un revers de plus lui est insupportable.

Ce soir, Étienne se sent abandonné. Il s'assied sur le tapis, ses bras enserrant ses genoux, sa tête pendant tristement en avant. Par la fenêtre, il devine l'alignement triste des platanes qui bordent le boulevard, leurs cimes impeccablement taillées. Comme mon horizon s'est rétréci, pense Étienne. Je suis un rat qui tourne dans sa cage, une cage un peu plus grande que celle de Claudia, mais quelle différence, au bout du compte ? J'ingurgite sans protester les rêves dont on me gave, des rêves de famille, de carrière, de possession. Étienne se laisse rouler sur le côté et se retrouve étendu au sol, les yeux rivés aux moulures du plafond. Il sent monter du fond de sa gorge une envie de pleurer, une colère humide qui ne demande qu'à éclater.

Il presse deux doigts sur ses globes oculaires, il respire doucement. Il ne pleurera pas. Il ne s'apitoiera pas sur son sort. Il ne se laissera pas aller à la nostalgie puérile de ses désirs perdus. Il se redresse, se force à scruter les murs qui l'entourent, la sagesse centenaire de son appartement, les meubles et les objets sélectionnés avec un goût sûr, les livres comme autant de témoignages de son appartenance à une histoire et à une culture de dominants.

Claudia est remplaçable et sera remplacée, décide Étienne, *et j'irai chercher ce mandat auprès de Carl avec les dents, s'il le faut.*

Étienne n'appartient pas à la catégorie de personnes qui se laissent aller aux regrets. Il est de la caste de ceux à qui le monde est dû.

33

Johar observe le halo orangé que dessinent les lampadaires sur le trottoir. Elle avance doucement, regarde son ombre s'étirer, disparaître totalement, avant de se reformer dans le cercle suivant. Ses pas résonnent sur le bitume. Paris semble s'être enfin assoupi. Devant elle, une rue étroite s'échappe du boulevard et bifurque vers le centre de Paris. L'immeuble pris en étau entre les deux voies s'achève en un angle aigu, au sommet duquel il dresse fièrement ses balcons, tel un navire exhibant une statue féminine à sa proue. Johar laisse son regard courir le long de la façade, par-delà la poitrine de pierre, jusqu'au ciel sans étoiles.

Elle perçoit la présence de Rémi à ses côtés.

« Où est-ce que tu vas, Johar ? Tu ne veux pas que j'appelle un taxi ?

— J'aimerais bien qu'on rentre à pied.

— À pied ? Mais on en a pour deux heures !

— On peut commencer, au moins. On n'est pas pressés.

— Johar... »

Johar s'arrête. Rémi la regarde d'un air inquiet.

« Comment tu te sens ? lui demande-t-il.

— Je ne sais pas. »

Rémi se tient face à elle. L'obscurité donne à son visage habituellement jovial une expression sombre. Sa barbe naissante fait ressortir la contraction sévère de sa mâchoire. Ses yeux, qu'enserrent ses cernes gris et ses sourcils épais, se plissent comme pour mieux deviner ce qui se cache derrière le masque impassible de sa femme. Johar lui doit une explication. Mais il s'est produit tant de choses pour elle ce soir qu'elle ne sait pas par où commencer. Elle saisit Rémi par le bras et reprend sa marche. Elle a besoin de quelques minutes pour trouver les mots justes. Elle s'aperçoit que Rémi se fait lourd à son bras, comme s'il était embarrassé par son silence.

« Johar, il y a quelque chose que je dois te dire. »

Johar ralentit le pas. Elle réalise avec surprise qu'il n'attend pas qu'elle parle. Il a besoin qu'elle l'écoute.

« Le moment est sans doute terriblement mal choisi, Johar, mais je ne me sens pas capable de te mentir plus longtemps. »

Johar marque une pause imperceptible. Elle sait, pourtant, elle a depuis longtemps deviné l'existence d'une maîtresse, mais elle a toujours pensé que c'était une diversion, une histoire sans importance. Elle a toujours cru que la fin de son histoire avec Rémi s'écrirait à deux, pas à trois. Elle en éprouve un pincement de déception, une pointe de colère. Elle essaie de se raisonner. Après tout, Rémi a aussi le droit de choisir sa route.

« Tu veux me parler de l'autre femme ? » murmure-t-elle.

Rémi la dévisage, interdit.

« Avance, Rémi, reprend Johar. Je te rappelle qu'on a deux heures de marche. »

Elle regarde devant elle maintenant, et devine que Rémi fait de même. La marche leur vient en aide : leurs yeux se concentrent sur les croisements et les bifurcations, leurs voix suivent des chemins parallèles plutôt que de s'affronter.

« Oui. Je ne pensais pas te tromper un jour, tu sais. J'ai toujours trouvé ça trop lâche, trop banal, pour nous. Mais c'est arrivé… Ça a commencé par un besoin de me rassurer, peut-être aussi par un petit désir de revanche – pas envers toi, mais plutôt envers cette vie où j'ai l'impression de ne pas être grand-chose… et, bêtement, je suis tombé amoureux.

— Amoureux ?

— Oui. Je ne m'y attendais pas. Elle est tellement plus jeune et tellement différente de moi…

— Rémi, je crois que je n'ai pas envie d'en savoir plus sur elle.

— Je suis désolé.

— Ça me fait de la peine, mais je comprends. Je comprends que tu aies envie d'être de nouveau amoureux. Je comprends que tu ne te satisfasses plus de notre amitié.

— J'avais l'impression de m'assécher, Johar.

— Je sais. Moi aussi. »

Johar entend avec surprise sa voix se casser d'émotion. Ce n'est pas de la tristesse qu'elle éprouve, mais une profonde nostalgie.

« Si tu avais deviné, pourquoi est-ce que tu ne m'as rien dit ? demande Rémi.

— Je ne sais pas. J'attendais. Je pense qu'inconsciemment j'attendais de comprendre ce que cela signifiait pour moi, je voulais savoir où j'allais.

— Et ?

— Moi aussi, j'ai quelque chose à te dire, Rémi. Ce n'est pas Carl qui a changé d'avis au sujet du poste. C'est moi qui n'en ai pas voulu. J'ai envie de marquer une pause. J'ai besoin de comprendre des choses sur moi et sur ma famille. C'est un peu bête à dire, mais j'ai le sentiment d'avoir perdu de vue qui je suis. »

Rémi marque une pause.

« Qu'est-ce que tu vas faire ?

— Je pars pour la Tunisie demain. Je vais aux obsèques de mon grand-père. J'y resterai le temps qu'il faut. »

Johar sent Rémi lui étreindre plus fortement le bras. La sirène d'une ambulance déchire le calme du soir. Johar lève les yeux, observe les silhouettes fantasmagoriques des arbres dans la nuit. Elle croit déceler un mouvement dans les branches, imagine un instant que les yeux jaunes d'une chouette la contemplent. L'ambulance s'est tue. Johar savoure la quiétude retrouvée de la ville. Elle s'aperçoit que Rémi, sans le vouloir sans doute, a calé son pas sur le sien. Sur l'asphalte du boulevard Raspail, deux ombres glissent en chœur, deux silences se font écho.

34

« Est-ce que la radio vous convient, madame ? »

La voix du chauffeur de taxi arrache Claudia à sa rêverie.

« Oui, c'est bien comme ça, merci. »

Elle n'a pas prêté attention à la musique jusqu'à présent. Elle tend l'oreille. Les haut-parleurs diffusent la voix mélancolique d'Otis Redding, qui célèbre le va-et-vient des bateaux dans la baie. Claudia songe qu'elle aimerait, comme le chanteur, laisser filer le temps, qu'elle voudrait s'étourdir du clapot de la ville endormie, se laisser bercer par le cahotement de la voiture qui la transporte vers l'hôpital. Elle se dit qu'elle pourrait fermer les yeux, s'assoupir, et que le chauffeur, par crainte de la réveiller, roulerait sans s'arrêter dans les rues de la capitale.

Elle ouvre la fenêtre et penche la tête vers l'extérieur, jusqu'à ce qu'un vent léger vienne lui caresser le visage. Elle lève les yeux vers la silhouette noire et hideuse de la tour Montparnasse. *Nous sommes déjà là. Encore quelques minutes et le taxi me déposera devant la grille de l'hôpital.* Elle imagine sa rencontre imminente avec le docteur Edelman, s'accroche à la promesse du réconfort de sa voix grave. Bientôt, elle devra enfiler une blouse au coton duveteux d'avoir été lavé mille fois, s'étendre sur une table d'examen recouverte d'un drap de papier et abandonner son corps aux investigations et aux soins prodigués par le médecin. Elle se demande si une anesthésie sera nécessaire pour éliminer les derniers débris du nid qu'elle avait minutieusement construit au creux de son abdomen. L'idée de perdre connaissance, de disparaître dans le brouillard d'un sommeil artificiel rassérène son esprit agité. Elle se sent épuisée, harassée par sa discussion avec Étienne, incapable de réfléchir aux prochaines étapes qui l'attendent. Elle voudrait oublier que, quelle que soit la durée de son hospitalisation – quelques minutes, quelques heures, la nuit tout au plus –, il lui faudra ensuite trouver un appartement, se réveiller chaque matin, aller travailler, il lui faudra poser les fondations d'une existence nouvelle.

Le taxi s'arrête à un feu. Claudia songe à l'instinct presque animal avec lequel Johar est venue à son secours, à la confiance avec laquelle elle-même a laissé Johar prendre soin d'elle. Elle admire cette faculté qu'ont les vies humaines, parfois, d'entrer en résonance. Elle inspire profondément, expire lentement.

« Tout va bien, madame ? lui demande le chauffeur.

— Oui, répond Claudia. Tout ira bien. »

Elle pourra habiter quelque temps chez Paola. Elle sait que sa sœur viendra la chercher à l'hôpital, quelle que soit l'heure à laquelle elle l'appellera, qu'elle lui offrira le réconfort de sa petite cafetière italienne et la chaleur de sa cuisine, qu'elle l'entourera de son amour. *Et ensuite, et ensuite, que deviendras-tu ?* demande une insistante voix intérieure. *Ensuite*, répond Claudia, *je prendrai le temps. J'accepterai cette tristesse inattendue, j'observerai le curieux vide laissé dans mon corps par cette vie que je n'avais pas vue prendre tant de place. Je cultiverai aussi cette force nouvelle, ce désir farouche de vivre et d'aimer.*

« Nous sommes arrivés, madame », annonce le chauffeur.

La masse austère de l'hôpital se dresse fermement devant elle. Claudia reste quelques instants debout, immobile sur le trottoir. Un peu plus tard, le jour poindra. Claudia se tient prête.

Le Livre de Poche s'engage pour l'environnement en réduisant l'empreinte carbone de ses livres. Celle de cet exemplaire est de :
150 g éq. CO_2
Rendez-vous sur www.livredepoche-durable.fr

PAPIER CERTIFIÉ

Composition réalisée par Nord Compo

Achevé d'imprimer en France par
CPI BRODARD & TAUPIN (72200 La Flèche)
en juillet 2025
N° d'impression : 3061889
Dépôt légal 1re publication : août 2025
LIBRAIRIE GÉNÉRALE FRANÇAISE
21, rue du Montparnasse – 75298 Paris Cedex 06
marketing@livredepoche.com

24/7755/5